双葉文庫

暗殺奉行

牙刀

牧秀彦

目次

牙《が》刀《とう》 暗殺奉行

序　章　銀《しろがね》の飛剣《ひけん》

一

東海道の品川宿は、江戸市中への玄関口。

京の都はもとより九州や四国から訪れた人々も、終点の日本橋へ至る前に旅の垢を落として身なりを整え、一夜の歓《かん》を尽くす。

そんな宿場町の賑わいに目もくれず、先を急ぐ男が独り。

身の丈は六尺（約一八〇センチ）に近く、脚も長い。

伸びやかな長身に裾が膝の下まである、黒の長羽織をまとっている。

白いのは、羽織の下に着けた羽二重《はぶたえ》のみ。細身に仕立てた野袴《のばかま》に足袋《たび》、そして肩に担いだ巾着《きんちゃく》袋と塗笠まで、すべてが黒で統一されていた。

髪も黒々としており、まだ白髪は混じっていない。月代《さかやき》を剃らずに髪を伸ばした浪人態《てい》だが、刀は帯びていない。定寸《じょうすん》より短い脇差を一振りだけ、帯前に差していた。

長い前髪の隙間から覗いた瞳は眼光鋭く、意志の強さを感じさせる。目鼻立ちがくっきりとした、美形ながら精悍《せいかん》な風貌の持ち主であった。

男がようやく歩みを止めたのは、旅籠《はたご》の客引きが騒々しい一帯を抜けた後。

掛け茶屋の床几《しょうぎ》に腰を下ろし、注文する声は低い。

「団子は要らぬ。茶だけでいい……」

店番の老婆が運んだ番茶で一服すると、巾着袋を揃えた膝の上に載せる。

ずしりと重そうな革の袋の口紐を緩め、取り出したのは油紙にくるんだ草履《ぞうり》。台まで黒い草履で足拵えを済ませた男は、茶代を置いて立ち上がる。古い草鞋《わらじ》は捨てていけば湯を沸かす薪の足しにされるので、気にするには及ばない。

小休止をしている間に、日は暮れつつあった。

つるべ落としと言われるとおり、秋の日没は早いもの。

街道の右手に拡がる袖ヶ浦《そでがうら》に、紅い夕陽が沈んでいく。

見る間に辺りは暗くなったが、歩き出した男の足は止まらなかった。

夜目《よめ》が利くらしく、提灯《ちょうちん》を持たずにいてもつまずくことはない。

淡い月明かりだけを頼りに闇を見通すことができるのは、筵《むしろ》を巻いた包みを抱えて砂浜から姿を見せた、胡乱《うろん》な一団も同じであった。

袖ヶ浦まで船で乗り付け、先回りをしたらしい。

街道沿いに続く護岸の石垣に隠れながら、一団は男の後を追う。

頭数は三人。界隈《かいわい》の人々から怪しまれぬように漁師を装っているが、頬被《ほおかぶ》りをした手ぬぐいの下から覗く目付きは鋭く、堅気とは思えなかった。

忍び足で前進しながら包みをほどき、一斉に取り出したのは奇妙な刀。

刀身が目立って分厚く、身幅も広い。

譬《たと》えるならば刀より鉈《なた》を思わせる、豪壮そのものの外見である。

闇の中でも目立たぬように、刀身の裏表には墨が塗り付けられている。

三人組は自身の隠形《おんぎょう》も完璧だった。

静まり返った中で聞こえるのは、寄せては返す波の音のみ。

物音ひとつ立てずに居《い》るだけではなく、息継ぎも静かそのもの。武芸の心得の一環として、呼吸法を身に付けていると察しが付く。

気配を殺した三人は石垣を隠れ蓑《みの》に、じりじりと進みゆく。

尾行されているとも気付かぬ様子で、男は先を急いでいた。

日が落ちた街道を行き交う者など、他には誰もいない。

頃や良しと判じた刹那《せつな》、ぶわっと一人が身を躍らせた。

石垣を跳び越しざまに振りかぶった異形の刀が、刃音《はおと》も鋭く斬り下ろされる。

男はすでに荷物を放り出し、両の手を帯前に走らせていた。

鯉口《こいぐち》を切り、鞘《さや》を引いて抜き打った小《こ》脇差の刀身は、一尺（約三十センチ）足らず。巨大な鉈とでも言うべき異形の刀と比べれば短いものの、すらりとした姿をしていて重ねの厚い、持ち主と同様に力強い一振りだった。銀無垢《むく》の鎺《はばき》には、何やら家紋が彫られていた。

打ち寄せる波音と共に、どっと血煙が上がった。

朱《あけ》に染まって地べたに転がり、息絶えた亡骸《むくろ》は船頭の姿。

空振りした次の瞬間にはもう、喉笛を一刀の下《もと》に裂かれていたのだ。

続いて襲いかかった二人目は着地すると同時に身を屈め、ぶんと横一文字に刀を振り抜く。長い足を薙《な》ぎ払い、動きを止めようとしたのである。

しかし、異形の刀は空を斬ったのみ。

刃筋《はすじ》を読んだ男はいち早く跳躍し、石垣の上に立っていた。

短い得物《えもの》を大きく遣う刀さばきに加え、体《たい》のさばきも軽やかそのもの。

慌てて斬り返そうとしたときには、もう遅い。

石垣から飛び降りる勢いを乗せ、小脇差が振り下ろされる。

仲間が真っ向を割られて果てたのを目にしたとたん、三人目は逃げ出した。

こちらに背中を向けた姿が、見る間に遠ざかっていく。

男は慌てることなく、小脇差を左手に持ち替える。

右手を長羽織の懐に入れ、取り出したのは銀色に輝く細身の小刀《こがたな》。

しゃっ。

鋭い切っ先を前方に向け、男は狙いを定めて投げ打つ。

背後から刺し貫いたのは心の臓。

もんどりうって倒れた相手の痙攣《けいれん》が止むまでを、男は眉《まゆ》ひとつ動かすことなく見届けた。

仲間の二人ともども波打ち際まで抱えて運び、異形の刀もまとめて捨てる。

亡骸から抜き取られた小刀が、淡い月の光にきらめく。

「道中にて幾度《いくたび》仕損じても、懲《こ》りずに網を張っておったか……さすがは長崎の闇を牛耳《ぎゅうじ》りし奴、一筋縄ではいかぬらしい……」

銀色の輝きをじっと見つめて、つぶやく男の顔に憂《うれ》いはない。
もうすぐ高輪の大木戸である。
大木戸を抜けた先に待つのは、華のお江戸。
将軍家のお膝元にやって来た目的を知るのは、黒ずくめの男自身のみだった。

第一章　唐人一座

一

じゃーん！　じゃーん!!
派手に打ち鳴らされる銅鑼《どら》の音が、澄み切った空に鳴り響く。
宝暦《ほうれき》三年（一七五三）も十一月に入り、残すところあと二月《ふたつき》。
師走《しわす》を目の前に控えた江戸では、長崎から出てきた一座が人気を集めていた。
江戸で有数の盛り場である両国広小路《ひろこうじ》に小屋掛けをして、まだ五日しか経って
いないにも拘《かか》わらず、客の数はうなぎのぼり。順番を待つ行列が、両国橋の上に
まで毎日溢れ返っている。
朝餉《あさげ》もそこそこに足を運んだのに、本当に見物できるのだろうか——。

幼いながらも辰馬《たつま》が心配になったのは、無理のないことであった。

「だいじょうぶなの、ちちうえ？」

「なーに、任せておきなって」

足元から見上げる息子に笑顔で請け合い、早見兵馬《はやみひょうま》は腰を屈めた。

「さ、しっかり摑《つか》まりな」

「うん！」

軽々と辰馬を抱き上げ、早見はずんずん歩き出す。

まずはこの長蛇の列を横切って、見世物小屋に近付かなくてはならない。

北町奉行所で吟味方与力を務める早見は、当年取って二十七歳。一刀流《いっとうりゅう》の剣術修行を重ねて鍛えた体はたくましく、六尺（約一八〇センチ）近い長身に紅花《べにばな》の染めも明るい、臙脂《えんじ》色の着流しが映えている。

町奉行所の勤めが非番でも、大小の二刀はきっちりと帯びていた。

早見は腰高に締めた角帯の一番内側に脇差を帯び、刀は鞘《さや》が擦れ合わぬようにひと巻き隔てて差している。鞘の角度が地面と平行に近い、閂《かんぬき》と呼ばれる状態に保つことで、だらしなく見えるのを防ぐ配慮も怠ってはいなかった。

そんな武士としての嗜《たしな》みも、時と場合によっては二の次にする必要がある。

並んでいるのが町人ばかりとはいえ、鞘を突っ張らせたまま行列を横切るなど人様の迷惑を顧みない、野暮天のすることだ。

刀の柄《つか》を右手で持ち上げ、早見は行列に割って入った。

「すまねぇな皆の衆。ちょいと御用の筋なんで、お先に行かせてもらうぜぇ」

町方役人の常で口調こそ伝法《でんぽう》だが、立ち居振る舞いは礼儀正しい。

左腕で辰馬を抱っこしながら刀の柄を縦にして、行き交う人々にぶつけぬように気を付けながら巧みに間をすり抜けていく。

父親に抱っこをされたまま、辰馬が不思議そうに問うてきた。

「きょうはおやすみじゃなかったの、ちちうえ？」

「しーっ、こういうのを嘘も方便って言うんだよ」

ずんずん進むうちに風に翻《ひるがえ》る、色とりどりの幟《のぼり》が見えてくる。

周りの芝居小屋や見世物小屋より鮮やかで、客寄せの仕掛けも派手だった。

「何から何まで大《てえ》したもんだ……こいつぁ評判どおりの唐風《からふう》だぜ」

感心する早見の視線の先には三丈《じょう》（約九メートル）にも達する、看板代わりの巨大な龍が吊られていた。

竹ひごを組んで紙を貼り、色付けをしただけの張りぼてだが、子どもだましと馬鹿にしたものではない。

鋭い爪で宝玉《ほうぎょく》をぐわっと掴み、通りを睥睨《へいげい》している姿は角《つの》や髭《ひげ》、鱗《うろこ》の一枚一枚まで真に迫った造りで精巧そのもの。通りを行き交う誰もが皆、足を止めて振り仰がずにはいられぬほどの出来の良さである。

親に手を引かれた幼い子どもたちに至っては、一目見たとたんに泣き出す始末であった。

「わーん、わーん！」

「こわいよう、かえろうよう!!」

懸命に訴えかける幼子《おさなご》は、一人や二人ではない。

「あーあ、泣いちまうのも無理はねぇやな。夢に出てきそうだもんなぁ……」

苦笑しながら刀の柄から手を離し、早見は息子を両腕で抱え直す。

辰馬も怖がっているのかと思いきや、先程から目を輝かせていた。

「すごいなぁ、かっこいいなぁ……」

「へへへっ、さすがは俺の倅《せがれ》だぜ。ちびのくせにいい度胸してらぁ」

ニッと笑うや高々と抱え上げ、たくましい首に跨《また》がらせる。

「わーい！　わーい!!」

すぐ目の前まで迫った龍に、辰馬は大はしゃぎ。

これだけでも連れてきた甲斐《かい》はあったが、満足するのはまだ早い。

ひとしきり楽しませてやった早見は、ひょいと息子を地面に下ろした。

「さーて、真打ちはこれからだぜ。手妻《てづま》使いや力自慢のおじちゃんたちに、早く会いたいんだろ？」

「うん！」

「だったら大人しく待っててくんな。父上もちょいと手妻を使うからな」

「はーい」

「へへへ……」

期待を込めて頷《うなず》く息子に微笑《ほほえ》み返し、早見は悠然と進み出た。

向かった先は、小屋の入場券を売っている札場。

目を付けた相手は鼻っ柱が太く、派手な着流しに半纏《はんてん》を重ねた四十男。

小柄ながらも貫禄十分で、堅気にはない凄《すご》みを漂わせている。

そんな強面《こわもて》のお兄《あに》さんに、早見は臆することなく歩み寄った。

「よぉ巳之吉《みのきち》、商売繁盛で結構なこったな」

「おや、早見の旦那。お勤めはどうしなすったんですかい」

「今日は休みだ。可愛い倅に評判の出しもんを、ちょいと見せてやりたくてな」

「そいつぁ結構でござんすが、どうか後ろに戻ってお並びくだせぇまし。終《しま》いの頃には何とか間に合うことでござんしょう」

目も合わせずに答える口調は素っ気ない。

相手を大物と思っていれば、今少し丁重《ていちょう》に接することだろう。

町奉行を補佐して白洲《しらす》での吟味を滞《とどこお》りなく進め、時には奉行の代行として裁きを下すこともある吟味方与力だが、若手の早見にはそこまでの権限がない。所詮《しょせん》は小さな事件しか扱えぬ若造と軽んじて、媚《こ》びた受け答えなどしないのだ。

しかし、早見は引き下がらない。

「おいおい、つれないことを言うもんじゃねぇよ」

太い腕を伸ばして巳之吉の肩を摑み、耳元で語りかける。客寄せに打ち鳴らす銅鑼の音が絶えぬ最中《さなか》であるだけに、傍目《はため》にも不自然には見えなかった。

「お前さんが情婦《いろ》に持たせてる矢場だけどよ、裏で客を取ってるだろ？」

「藪《やぶ》から棒に何ですかい。どこでもやってることでござんすよ」

「へっ、言ってくれるじゃねぇか」

開き直られても動じることなく、早見は微笑む。

精悍《せいかん》な顔を綻《ほころ》ばせながらも、目までは笑っていなかった。

「たしかに今までは何のお咎《とが》めもなかっただろうが、そいつぁ廻方の同心どもが袖の下を受け取って、お目こぼしをしていただけのこった。与力の俺がたまたま気付いて表沙汰にしちまったら、ただじゃ済まねぇだろうなぁ」

「無茶を言わないでくだせぇよ旦那。そんな真似をしなすったら、同心の旦那衆だって黙っちゃ……」

「まぁまぁまぁまぁ、落ち着きなって」

いきり立つ巳之吉の口をさりげなく塞《ふさ》いだ上で、早見は言った。

「聞いたところじゃお前さん、なかなかの商売上手なんだってな。亭主に隠れて小遣いを稼ぎてぇ綺麗《きれい》どころの素人女《しろうとおんな》を取り揃えたのが大当たりして、吉原通いに飽きが来なすった大店《おおだな》のあるじにご隠居、逆に初心《うぶ》な旗本の若様まで、お忍びでちょくちょく通って来なさるそうじゃねぇか。そんだけ太い客を摑んだ商いを今さら台無しにすることはあるめぇよ」

「……ど、どうしてそこまでご存じなんで……」

「へっへー、驚いたかい」

驚く巳之吉の口から手を離し、早見は莞爾《かんじ》と笑った。

「内《うち》勤めの与力のくせにとでも言いたいんだろうがな、咎人《とがにん》を間違いのねぇように吟味するお役目だからこそ、外回りの連中にも増して手前《てめぇ》の目や耳の代わりになってくれる手駒を、あっちこっちに持っていなくちゃいけねぇんだよ。何ならついでに、おめーんとこの親分が露店で売りさばかせてる紛《まが》いもんの壺やら皿のことも表沙汰にしてやろうかね。人形町《にんぎょうちょう》の恵比須屋《えびすや》の一件からこの方、うちのお奉行は贋作《がんさく》の取り締まりを一層厳しくせよとの仰《おお》せなんでな……お前さん、非番の俺にそんなに仕事をさせてぇのかい？」

「分かった分かった、分かりましたよ！」

根負けした巳之吉は、一枚の木札と茣蓙《ござ》を早見に差し出す。

「坊ちゃんのぶんはおまけをしておきやすよ。半畳《はんじょう》もどうぞお持ちなせぇまし」

「へっへっへっ、すまねぇなぁ」

早見は悪びれることなく銭を渡し、引き換えに入場券の木札を受け取る。

こうして無理を聞かせられるのも、町方役人ならではの役得である。

こたびのようにお目当ての一座が江戸に初のお目見えで、地元の香具師《やし》に呼び込みや札場の番を任せていれば尚のこと、都合がいい。日頃からあれこれ弱みを握っているので、脅しも効きやすいのだ。

痛いところを突かれながらも、巳之吉は黙ったままではいなかった。

「これっきりにしてくだせぇましよ。こちらの座頭《ざがしら》は妙に強気なお人で、町方の役人に媚《こび》なんか売らなくてもいいって言われてんですから……」

「分かってらぁな。恩に着るぜ」

ぼやく巳之吉に、早見は平然と微笑み返す。

小悪党の負け惜しみなど、いちいち気に留めるには及ぶまい。

「待たせちまったがもう大丈夫だ。さ、行こうぜ」

大人しく待っていた辰馬と手を繋《つな》ぎ、早見は見世物小屋に入っていく。

「たのしみだねぇ、ちちうえ！」

「ああ、楽しみだな」

嬉々《きき》としている父子の姿を、通りの向こうから一人の男が眺めていた。

背筋を伸ばして立つ姿は、腕も足もすらりと長い。

裾長《すそなが》の羽織をまとい、細身の野袴《のばかま》を穿《は》いている。中の着物が白いだけで、草履と足袋《たび》も黒一色でまとめていた。

荷物は左手に提げた、これも黒い革の巾着《きんちゃく》袋のみ。

袴を常着《つねぎ》にしているので士分と分かるが刀は帯びず、定寸より短い小《こ》脇差のみ帯前に差していた。

髷《まげ》を結わずに伸ばした頭は、前髪まで長かった。

その前髪の隙間から向けた視線は、蔑《さげす》みの色を帯びている。

淡々とつぶやく声も、吐き捨てるかの如くであった。

「ふん。外道《げどう》どもの出し物を観たいが故に、御用風を吹かせるか……。小役人に至るまで腐りきっておるとは、江戸も長崎も変わらぬのだな……」

踵《きびす》を返して去りゆく姿を、盛り場に集う人々は誰も見ていない。

晴天の下では場違いな黒ずくめの男のことなど一人として意に介さず、客寄せの大きな龍と派手に銅鑼を打ち鳴らす音にばかり、気を取られていた。

長崎渡りの唐人一座は、今や江戸で知らぬ者がいないほどの大人気。

しかし、誰もが歓迎しているわけではないらしい。

明るい日射しに背を向けて、男は黙々と進みゆく。

ひゅー……。

道行く人々の裾を乱して、木枯らしが吹き抜ける。

だが、男の長羽織は揺らぎもしない。

前髪の間から覗《のぞ》いた瞳も、冷たい光を放つばかりであった。

二

客席は辰馬が思った以上に大入り満員だった。

見渡す限り人、人、人。

茶や菓子の売り子たちが席を廻るのがままならぬほどに、混み合っている。

「いっぱいだね、ちちうえ」

「そうだろう？　だから周りに迷惑をかけねぇように、大人しくするのだぜ」

「はーい」

「よーし、いい子だ」

元気一杯に答えたのを、ひょいと早見は抱き上げる。並んで座れば余計に場所を取ってしまうため、股ぐらに座らせておくつもりだった。

「すまねぇな、ちょいと割り込ませてもらうぜぇ」

両隣の先客に詰めてもらって足元に敷いたのは、巳之吉が木札と一緒に渡してくれた小さな莫蓙。入れ込みの客席はすべて土間のため、着物の尻を汚さぬように半畳と呼ばれる敷物を借りるのだ。

一座は何も費《つい》えを惜しんで、床板を張らずにいるわけではない。

盛り場で見世物や芝居を催す会場は木材の代わりに竹で組み立て、板ではなく筵《むしろ》を繋《つな》いで張り巡らせただけの、仮拵《ごしら》えにするのが決まり。

常設の小屋を持てるのは、公儀の許しを受けた歌舞伎や人形浄瑠璃《じょうるり》の、ごく限られた一座のみ。たとえ町奉行所が取り締まれない寺社地の境内でも、仮設の劇場しか構えることを許されなかった。

両国広小路も本来は火除《ひよけ》地で、火事が発生した際には界隈《かいわい》の住人を避難させる空き地であるため、露店はもとより見世物小屋や芝居小屋も、日頃から速やかに撤去できるようにしておかなくてはならない。

そうした決まりに縛られているが故の仮拵えだが、なまじ立派な劇場を借りるよりも費えが安く済むので、興行が当たれば儲《もう》けも大きい。この唐人一座も遠路はるばる、長崎から江戸まで出てきた甲斐があろうというものだった。


早見父子が腰を落ち着けて早々に、舞台は幕開けとなった。

一同の視線の先にトコトコ現れたのは、派手な唐人服をまとった一人の小男。

衣装の裾を引きずるほど小柄だが、体付きはむっちりしていて頬もまるい。

ちょこんと帽子をかぶった頭は剃られてつるつるで、赤ん坊を思わせる。

一見したところ十歳ばかりの愛くるしい少年そのものだが、よく見れば目尻に皺《しわ》があり、顎の下には肉がたっぷりと付いていた。

「ねぇ、ちちうえ。あのひとはこどもなの、おとななの？」

「そうだなぁ……間を取って、こどなってことでいいんじゃねぇのかい」

辰馬の無邪気な問いかけに、早見はそう答えるより他になかった。

子どものように見えても、疾《と》うに四十を超えていそうである。

ただの中年男と思いきや、小男は驚くほどに身軽だった。

「はいー！」

甲高《かんだか》く声を上げるや、ぶわっと跳び上がりざまに一回転。

「すごーい」

辰馬がたちまち目を輝かせる。

小男の軽やかな動きは止まらなかった。

とんぼを切ったのに続き、披露したのは倒立からの前転。舞台の端から端までくるりくるりと移動すると、今度は側転をしながら戻ってくる。

「はいはいはいはい、次はもっとすごいのお目にかけるよー」

甲高くも愛嬌《あいきょう》たっぷりの声を張り上げ、どこからともなく小男が取り出したのは二本の煤竹《すすだけ》。

平安の昔から田楽《でんがく》で用いられてきた、こきりこと呼ばれる楽器である。指で軽く回しながら打ち鳴らし、音を奏でる飴色《あめいろ》の竹は七寸五分（約二二・五センチ）に切り詰められており、着物の袖に誤って引っ掛けることのない寸法となっている。

しかし、小男には扱いかねる長さであるらしい。

「おっとっと」

ころころころ。

鮮やかに取り出してみせたのはいいものの、上手《うま》く使えずに大弱り。

「おっとっとっとっ」

ころころころころ……。

「あいやー」

回そうとしたのを飛ばしてしまい、舞台の端まで転がったのを取りに行っては足を取られ、自分がすってんころりんする始末。

客席はたちまち笑いに包まれた。

「ははは、こりゃ可笑《おか》しいや」

「おーいちび助、しっかりしろい」

「はははは……」

野次を飛ばしながらも一人として怒っておらず、みんな腹を抱えて大爆笑。

（へっ、わざとしくじって道化になってやがるな。芸達者な野郎だぜ）

微笑む早見は、小男の真意を見抜いていた。

二本のこきりこをどこからともなく取り出しておきながら、軽く回して鳴らすことぐらいが、できぬはずもない。

本当は容易《たやす》く扱えるのを失敗して見せ、客の笑いを誘っているのだ。

舞台に出てきて早々に同じ失態を演じていれば呆《あき》れられ、四方八方から本気で野次を飛ばされるだけだっただろうが、見事な軽業《かるわざ》を披露した後ならば他愛ないしくじりと受け取られ、応援をしてもらえる。常にウケを取ることを第一に考えなくてはならない立場としては、抜け目のないやり方と言えよう。

そんな計算高さを見抜きながらも、早見は静かに笑っていた。

父親の股ぐらに抱かれた辰馬は、盛んに声援を送っている。

「がんばれ！　がんばれ!!」

無邪気に声を張り上げる息子の頭を、そっと早見は撫《な》でてやる。

これだけ楽しませてもらえれば、申し分ない。

折しも舞台の上では、業を煮やした小男がこきりこを鷲掴みにしたところ。

「もういい！　あとは任せるね、願鉄《がんてつ》っ」

カンカンカンカン!!

引っ込みながら派手に打ち鳴らす音を合図に、ヌッと出てきたのは三十半ばと思《おぼ》しき大男。

髷は結わず、伸ばした髪を頭の後ろで束ねている。

顔の造りは厳《いか》めしく、仁王立ちして客たちを睨《にら》みつける瞳は眼光鋭い。襖絵《ふすまえ》や屏風《びょうぶ》に描かれる、異国の虎や獅子を彷彿《ほうふつ》させるたたずまいである。

「こわいよう、ちちうえー」

「ううん、まさかこれほどまでとはなぁ……」

怯《おび》えてしがみついてくる辰馬を抱き止めながら、早見も驚愕《きょうがく》を隠せずにいた。

亡き父から家督と与力の職を継いで以来、人相の悪い連中など日々の御用で見慣れて久しい。他の客たちも単に顔が怖いだけならば、驚かされても声まで失いはしなかったことだろう。

その男は江戸相撲《ずもう》の力士にも滅多にいないほど、上背が高かった。

二十年ほど後に時の横綱の谷風梶之助《たにかぜかじのすけ》と五分の勝負を繰り広げ、相撲史に名を残す釈迦嶽雲右衛門《しやかがたけくもえもん》の七尺（約二一〇センチ）超えには及ばぬまでも、軽く六尺に達している。

少年の頃から背が高く、見習い与力の頃に火の見櫓《やぐら》と渾名《あだな》を付けられた早見も並べば見劣りするに違いない、まさに雲突くほどの巨漢であった。

客席を沈黙させたのは、その背の高さだけではない。

巨漢は白木綿《しろもめん》の股引《ももひき》を穿いたのみで、上体を剝《む》き出しにしていた。

腕は太く、胸板は分厚く、信じがたいほど筋骨隆々。

首がめりこみそうなほどに、肩が盛り上がっている。

二本の足も太いばかりではなく、股引の生地越しに浮き上がった筋肉は丹念に鍛え込まれていた。

そんな鋼《はがね》の如き筋肉を、巨漢はおもむろに動かし始めた。

「ぬおおおおお」

仁王立ちになったままで胸を張り、両腕で力こぶを作ってみせる。

「むんっ！」

さまざまな姿勢を取りながら、上げる声は荒々しい。

汗を飛び散らせて吠える表情は、獣の如く獰猛《どうもう》そのもの。

芸を披露するのではなく、狩る獲物を求めているとしか思えなかった。

「あーん、こわいよう」

もはや辰馬は見ていられず、父親の胸に顔を埋《うず》めて泣き出す始末。

居合わせた他の女子《おなご》どもも、反応は同じだった。

男たちもみんな声を失い、傍若無人《ぼうじやくぶじん》な巨漢の動きに固唾《かたず》を呑むばかり。

（ううん、こんな野郎とはまかり間違ってもやり合いたくねぇもんだぜ……）

腕に覚えの早見をしてそう思わずにいられぬのだから、満員の客席がしーんと静まり返ったのも無理はなかった。

そんな最中に、舞台の袖から一人の青年が現れた。

まだ若く、二十歳《はたち》を過ぎたばかりといったところ。

鼻筋がすっきり通った細面《ほそおもて》で、目は切れ長。黒髪をきちんと撫で付け、裾長に仕立てられた白い唐人服には、皺ひとつ見当たらなかった。

見るからにモテそうな二枚目だが、巨漢に向けた視線は力強い。

構えを取りながら腕を伸ばし、指先をくいくいと曲げてみせる。

応じて、巨漢はにやりと笑みを返す。

次の瞬間、見世物小屋に裂帛《れっぱく》の気合いが響き渡った。

「アチョーッ！」

「ヤーッ！」

男たちが繰り出したのは、早見がこれまで見たことのない技であった。

「ハッ」

「ヤッ」

短くも鋭い気合いと共に、二人の拳と足が風を切る。

矢継《や》ぎ早に鉄拳を打ち込むだけでなく、蹴りも続けざまに放っていく。

日の本《もと》でも小具足《こぐそく》と呼ばれる、合戦場での組み討ち術から発展した柔術に蹴り技が含まれているが、狙うのは専《もっぱ》ら下段。

これほど派手な回し蹴りや飛び蹴りなど、かつて目にしたことがない。

「がんばれー！　おにいちゃーん!!」

見たこともない攻防に、辰馬もすっかり目を奪われていた。

親には甘えてばかりだが辰馬は幼いながらに気が強く、八丁堀界隈《かいわい》の同じ年頃の少年たちの間でガキ大将と認められるほど、腕っ節も強い。

信じがたいほどに筋骨隆々の巨漢が現れ、目の前で吠え猛《たけ》ったときには思わず泣かされてしまったものの、いかにも正義の味方らしい青年が登場したとたんに瞳を輝かせ、まるい頬を紅潮させて熱中していた。

三

達人同士の攻防は白熱する一方だった。

「がんばれ、がんばれ！」

「やっつけちゃえ！」

先程までは怖がっていた子どもたちも辰馬に続き、白い唐人服の青年に声援を送って止まない。

その父親や若い衆も、負けじと歓声を送っている。

「いいぞいいぞ、ほら、もう一発！」

「でかぶつを早いとこぶっ倒しちまえ、兄ちゃん！」

一方で母親たちや町娘は、青年の美貌にうっとり。

「いい男ねぇ。うちの人なんか、比べものにもなりゃしないよ」

「ほんとに容子《ようす》のいいお人。あんな男に守ってもらいたいわぁ」

魅入られていたのは早見も同じだった。

と言っても、単純に見惚《みと》れていたわけではない。

(体付きはまるで違うが、こいつらの腕は互角……優男《やさおとこ》は見るからに動ける奴だが、でかぶつも切れがいい……)

それは種類こそ違えど、戦う技を学び修めた身ならではの所見であった。

青年も巨漢もぎりぎりのところで受け流してはいるものの、打ち込みも蹴りも本気そのもの。全身を筋肉の鎧《よろい》に覆われた巨漢といえども、急所に入れば一撃で動きを止められてしまうに違いなかった。

それほどまでに威力を秘めた技を巧みに防ぎ、間を置くことなく反撃に転じることで見世物として成立させているのだから、二人揃って大した力量の持ち主と言えよう。

「かっこいいねぇ、ちちうえ!」

「ああ、凄《すげ》えな……」

夢中で頷いたとたん、早見の背中がドンと突かれた。

「油断するない。こいつが鎧通《よろいどお》しだったら、ひと刺しでお陀仏《だぶつ》だったぜ」

「来てたのかい、おやじどの」

とっさに摑んだ相手の手首を離して、早見は微笑む。

いつの間にか後ろに座っていたのは、小関孫兵衛《こせきまごべえ》。

当年四十八歳になる小関は、北町奉行所でも古参の隠密廻同心だ。去る四月に着任した奉行の依田和泉守政次《よだいずみのかみまさつぐ》に早見らと共に腕を見込まれ、人知れず影の御用を仰せつかる軍団の仲間でもあった。

古流《こりゅう》の柔術の遣い手である小関は年の功もあり、古今の武芸に詳しい。

「あいつらの技だがよ、噂に聞いた唐手《からて》じゃねぇのかな」

「からて?」

「ああ。薩州《さつしゅう》さまじゃひた隠しにしていることったが、琉球《りゅうきゅう》のさむらいたちは得物《えもの》を取り上げられても素手で戦える技を身に付けてるもんで、薩摩《さつま》から遣わされた役人衆も密かに恐れているそうだ。いずれ島々にまで広まったら、それこそ手がつけられなくなることったろうよ」

「あの二人が遣ってるのが、その技なのかい」

「そう。唐土《もろこし》から伝わったから、唐の手さね」

「道理で日の本の武術とはまるで違うわけだ。精強で知られた薩摩のもののふといえども、容易には太刀打ちできねぇだろうさ」

「まったくだぜ。俺だって、あんなのとやり合いたくはねぇやな」

本音を込めてつぶやきながら、小関は猪首《いくび》を撫でる。節くれ立った指が鬢付《びんづ》け油だけではなく、汗でじっとり濡れたのを早見は見逃さなかった。

舞台上での戦いは続いている。

「ヤッ」

「ハッ」

巨漢は太い腕を巧みにさばき、青年の連打を受け流す。

ぶわっ！

ひとしきり防いだ上で繰り出したのは、力強くも伸びやかな蹴り。全身の筋肉を鍛えるばかりでなく、体の節々が柔軟でなくては成し得ぬ技だ。

「見事なもんだな、おやじどの」

「ああ。ちょっと真似たぐらいの付け焼刃じゃ、ああは出来めぇ」

「もしかしたら、あいつらは本物の唐人なんじゃねぇのかい？　もちろん長崎を勝手に離れるわけにはいかねぇだろうが、何事も金次第でどうとでもなる土地柄だって、専《もっぱ》らの噂だからな……大きな声じゃ言えねぇが、先代の長崎奉行も乙名《おとな》とかって町名主《なぬし》衆と繋がって、大層なおたからを貯め込んだそうだ」

「万事が金次第だってことなら、俺も聞いてるぜ。こいつぁひと山当てたい乙名が今のお奉行に袖の下をたんまり贈って、腕っこきの唐人たちを上手いこと連れ出したのかもしれねぇなぁ……」

猪首を捻《ひね》りながら、小関はつぶやく。

と、そこに横から割り込む声がした。

「失礼ですが見当違いでございますよ、旦那がた」

「おや新《しん》の字、お前さんも来てたのかい？」

早見が驚いた声を上げる。

笑顔で会話に割り込んできたのは、八州屋《はっしゅうや》の新平《しんぺい》だった。

「この一座の頭は萬年屋亀蔵《まんねんやかめぞう》と申しまして、乙名をしながら丸山遊廓《まるやまゆうかく》でも古株の楼主《ろうしゅ》として稼いでいる男です。地元で出島のカピタンを楽しませるために一座を組んで、大道具と小道具の一切から披露する技の手ほどきまで唐人屋敷に頼んでいるから、万事が本物そっくりなのだそうですよ」

「そんなことを、どうしてお前さんが知ってるんだい」

「うちの親父は本石町《ほんこくちょう》の長崎屋《ながさきや》さんともお付き合いがありましてね、珍しい異国の織物をちょいちょい分けてもらってるんです。通詞《つうじ》を介してのことですけどカピタンから直《じか》に聞いた話ですので、間違いはございませんよ」

「そうかい、本場の技にゃ違いなくても、本物の唐人じゃなかったのか」

納得しながらも、早見は不審げに問いかける。

「ところでお前さん、いつの間に入ってきたんだい？　おやじどのもそうだが列にゃ並んでいなかっただろう」

「へへ……そこは長崎と同じで、万事がおたから次第ってやつでしてね」

「あたしも居《い》るよ、早見の旦那ぁ」

微笑む新平の肩越しに、ひょいとおふゆが笑顔を見せた。

甘党の早見と小関が行きつけにしている、茶店で人気の看板娘だ。

愛らしい顔立ちなのは相変わらずだが、おふゆは近頃少し大人びてきた。以前は自分のことを「おら」と称していたのに口調まで様変わりし、少女が小悪魔になりつつある趣《おもむき》だった。

「ねぇ旦那、奥方が出て行っちまったって本当なのかい？」

「ななな、何を言いやがる」

痛いことをずばりと問われて、早見は慌てる。舞台上の戦いに辰馬が熱中していなければ、とっさに耳を塞がなくてはならないところだった。

早見が父子だけで外出をしたのは、やむなき理由があってのこと。

本来ならば、鶴子《つるこ》が一緒のはずである。

早見の妻女は流行《はや》りものが大好きで、芝居や見世物にも興味津々《しんしん》。屋敷で留守番をしろと命じたところで聞く耳を持たず、いつもであれば勝手に付いてきたことだろう。

ところが鶴子は三日前から実家に帰ってしまい、戻る気配は一向にない。

早見が浮気をしたと疑って、怒り心頭に発しているのだ。

根も葉もない思い込みなのかと言えば、嘘になる。

与力は力士と火消しに並び、江戸の三男《さんおとこ》と呼ばれるほど人気がある。まして男振りのいい早見は女の目を惹《ひ》きやすく、独り身だった頃は町娘たちから熱い視線を送られたり、付け文《ぶみ》をされるのもしばしばだったものである。

しかし、こたびばかりは完全に鶴子の誤解であった。

「そもそもお前さんが悪いのだぜ、おふゆ坊」

目を白黒させながら、早見は言った。

「ちょいと甘えてくれるぐれぇだったら、鶴子も野暮は言いやしねぇ。お前さんは可愛くって気立てもいい、もしも奉公先に困ったらうちに来てもらいたいものだって、いつも褒《ほ》めてたぐれぇだからな。だからって俺が昼寝をしているところに入り込んでよ、添い寝まですることはねぇだろうが?」

「何さ、やましい真似なんか何もしてないって言ってるのに!」

おふゆは口を尖《とが》らせて反論した。

「おっかさんから届いた干物をちょいとお裾分けしにお屋敷に来てみたら、奥方さまは辰馬ちゃんとお出かけしてて、旦那はぐーぐーぐーの高鼾《たかいびき》だったじゃないか。それで代わりにお留守番をしてあげようと思ってたら、あたしもうっかり寝ちゃっただけのことだもん」

「そうですよ旦那、お言葉ですけど、奥方さまの思い過ごしじゃないですか」

おふゆを庇《かば》って、新平も口を挟んでくる。

幼馴染《おさななじ》みの二人は、実の兄妹の如く仲が良い。おふゆが憧れの早見に甘えても嫉妬《しっと》などすることなく、温かく見守るのが常だった。

「分かった分かった、話はこのぐらいにしておこうぜ」

経緯はどうあれ、鶴子に誤解を与えたのはまずかった。

たしかに身を固める前は町娘に黄色い声を上げられて悦に入り、吉原や岡場所に通って鼻の下を伸ばしもしたが、今の早見は鶴子一筋。少々がめついのが難点だが良き母であるばかりでなく妻としても申し分なく、今さら他の女たちに目を向けて、家庭を乱すつもりなど有りはしない。

(あーあ、早く帰ってきてくれねぇかな……)

そんな父親の悩みも知らず、辰馬は舞台に熱中していた。

「がんばれー!」

母親が家出したこと自体は、子細まで分からぬまでも承知している。

それでいて平気なのは、どうしてもこの一座の舞台を見たかったが故のこと。

鶴子は本所の旗本の娘で実家は兄が継いでいたが、嫂《あによめ》と折り合いが良くないために日頃から滅多に寄り付かずにいる。こたびも兄夫婦を頼ることなく、隠居をして郊外の広尾でのんびり暮らす、両親の許に身を寄せていた。

見世物を楽しみにしていた辰馬にしてみれば、甚《はなは》だ困ったことであった。

両国は八丁堀とは目と鼻の先だが、広尾からは些《いささ》か遠い。

鶴子に頼んでもいつ連れて来てもらえるのか定かでないし、待たされている間に肝心の一座が江戸から引き上げてしまっては、元も子もあるまい。

幼いながらにそんなことを計算し、父親の許に残りたいと嘘泣きしてまで主張を押し通した辰馬であったが、鶴子は夫ばかりか可愛い息子にまで裏切られたと思い込んでしまい、早見が本所の義兄を通じて密かに確かめたところ、更に臍《へそ》を曲げているとのことだった。

　幼い息子の真意など、早見はもとより承知の上だ。

　少し考えれば他愛のない嘘だとすぐに分かるはずなのに、今の鶴子は怒りで頭に血が上ってしまい、兄はもとより両親の説得にも耳を傾けずにいるという。

（うーん、これで辰馬も満足したこったろうし、折を見て迎えに行ってやらないといけねぇな……）

　思い悩む早見をよそに、小関はぼやいた。

「ったく、新の字の我儘《わがまま》にも困ったもんだぜ。こっちは御用の途中なのに唐人一座は面白いからって、無理やり連れて来られちまってなぁ」

「何です旦那、人聞きの悪いことを仰《おっしゃ》らないでくださいまし」

　聞き咎めた新平が反論する。

「私はおふゆを誘いに来ただけなのに、ついでに俺たちにも見物させろって茶店で話に割り込んできなすったのは、小関の旦那じゃありませんか」

「そうだよ。お役人のくせに役得も何も使えなくて、木戸銭まで新ちゃんに出させちゃってさ。あたしたちにくっついて来なかったら、まだ両国橋で並んでたんじゃないのかい」

「まぁまぁまぁ、いいじゃねぇか。俺ら隠密廻は定廻とは違って役得が少ねぇんだからよ、たまには埋め合わせぐらいさせてくれたっていいだろうが」

とんだ藪蛇《やぶへび》に慌てながら、小関は若い二人を宥《なだ》めにかかる。

どうやら順番を飛ばして小屋に入れたのは、新平のおかげであったらしい。

新平の父親の勢蔵《せいぞう》は、日本橋で越後屋《えちごや》に次ぐ人気の呉服屋を営む男。その財力は江戸の豪商たちの間でも抜きん出たもので、少年の頃からの捕物好きが高じて岡っ引きとなった新平の頼もしい後ろ盾となっていた。

そんな新平の陰の力となっているのは、父の勢蔵だけではない。

「お前さんも大変だなぁ」

「仕方ありやせんよ。これがお役目でござんすからね」

早見に答えたのは、新平の隣に座っていた与七《よしち》。

勢蔵から見込まれて、お目付け役を仰せつかっている八州屋の手代である。

今もお仕着せの木綿の着物に前掛けを締め、堅気の奉公人らしく装ってはいるものの元は名うての盗っ人で、ひとたび短刀を持たせれば凡百《ぼんぴゃく》の剣客では太刀打ちできぬほど腕も立つ。

今日は見世物のお供をさせられて閉口しているのかと思いきや、苦み走った顔は意外にも楽しげだった。

「早見さま、世の中にゃ腕利きがまだまだ居るもんですね。あっしもあの色男の真似ごとぐらいならできやすが、あんなでかぶつ相手にあそこまで粘るとなると難しいこってござんしょう。ほんとに大したもんですぜ」

つぶやきながらも、視線は舞台の上に注がれている。

折しも青年は巨漢の蹴りをかわしざま、腹に一撃浴びせたところだった。

今度は寸止めではなく、ずんと拳を当てている。

むろん手加減はしているのだろうが、あれほどの巨体をよろめかせるとは容易ではあるまい。

「ふっ、勝負は見えたな……」

与七の隣で微笑んだのは、神谷十郎《かみやじゅうろう》。

小関の相棒で、早見とは幼馴染みでもある隠密廻同心だ。

「何だ神谷、お前も新平にたかったロかい」

「埒《らち》もないことを申すでない。俺はきちんと払《はろ》うておるわ」

早見にからかわれて、ムッとしながら答える顔は端整そのもの。同じ男前でも豪放磊落《ごうほうらいらく》な幼馴染みと違って、少年の頃から物静かな質《たち》であった。

「へっ、堅物のお前さんらしいや」

新平とおふゆにやり込められる小関を横目に、早見はつぶやく。

一同が和気藹々《わきあいあい》としている間に組み手は終わり、巨漢はよろめきながら舞台の袖に引っ込んでいく。

勝利を収めた青年も、白い唐人服の裾を優美に舞わせて姿を消した。

「これで終わりか……さーて、おふゆ坊の茶店に寄って、ちょいと団子でも食うとするかい」

「お待ちください旦那。これから凄いのが始まるんですよ」

新平が告げると同時に、巨漢が再び舞台に出てきた。

激しい組み手の疲れを微塵《みじん》も見せず、片手に徳利を提げている。

「何だ何だ、今度は酒の飲みっ比べでもやろうってかい？」

早見が戸惑っているところに、軽業師の小男がササッと出てきた。

同時に、ふっと舞台が暗くなる。

見世物小屋の各所に配置されていた黒子《くろこ》が一斉に暗幕を下ろし、壁代わりの筵の隙間から射し込む陽の光を遮ったのだ。

「さぁおたちあい、たねもしかけもないからね！」

そう言って小男が取り出したのは阿蘭陀《オランダ》渡りと思《おぼ》しき、洒落《しやれ》た燭台。

すでに蠟燭《ろうそく》には火が灯《とも》され、煌々《こうこう》と輝いていた。

一方の巨漢は徳利を傾け、何やら口に含んだところ。

すかさず小男は燭台を手渡した。

ササササッと舞台の袖に引っ込むのを尻目に、巨漢は燭台を顔の前にかざす。

ぶおっ！

巻き起こったのは紅蓮《ぐれん》の炎。口に含んだ油を霧状にして吹き付け、蠟燭の火を舞い上がらせたのだ。

そこに、小男が再び姿を見せた。

「ヤー！」

声を上げると同時に唐人服の袖口から噴き出したのは、大量の水。

びっしゃーん！

紅蓮の炎は一瞬にして鎮火した。

ずぶ濡れにされながらも、巨漢は怯《ひる》まなかった。

黒子が持ってきた太い蠟燭を引っ摑み、徳利の油を口に含む。

ぶおおーっ！

またしても盛大な炎が巻き起こった。

しかし、小男も負けてはいない。

「ヤー！」

ばっしゃーん！

ぶおおおーっ！

「へっ、上手いこと考えやがったなぁ」

早見は感心せずにいられなかった。

火を吹くと同時に、水を掛ける。

決して火事にはならないように配慮をしていれば、町奉行所の取り締まりから逃れられるというものだ。

いつの間にか、小男の傍《かたわ》らには大きな水桶が置かれていた。袖口から噴き出すだけでは収まらないほど火勢が強くなったため、黒子たちに運ばせたのだ。

手桶で汲《く》んではぶっかける、小男の動きは機敏そのもの。

びっしゃーん！　ばっしゃーん!!

堪《たま》らずに、巨漢は徳利を取り落とす。

すでに油は切れており、割れても破片しか飛び散らない。

火の消えた蠟燭も投げ捨て、足元を蹴った巨漢は大きく跳んだ。

「あいやー」

摑まえられた小男が悲鳴を上げる。

高々と持ち上げられ、放り込まれた先は水桶。

盛大に飛沫《しぶき》が散るかと思いきや、巻き起こったのは煙だった。

「何だ、何だ」

「あれも手妻ですよ。もちろん種も仕掛けもあるんでしょうがね……」

驚く早見の耳元で、新平は苦笑しながらささやく。

舞台の上では、ようやく煙が収まったところだった。

よろめきながら出てきた小男は、煤だらけで顔じゅう真っ黒。

煙幕で客の注意を引き付けている隙に、黒子が塗り付けたのだろう。

巨漢もすでに姿を消していた。

「あー、もうひあそびはこりごりね」

誰もいなくなった舞台の上で、小男はぼやく。

「よい子のみんなはまねをしたらいけないよ。おじさんとのやくそくね」

「はーい！」

子どもたちは爆笑しながらも、口々に声を上げる。

万事が行き届いた見世物であった。

四

おふゆが働く茶店は、両国橋の袂《たもと》に近い。

見世物小屋を後にした一同は、相も変わらず続いている順番待ちの行列を尻目に熱い茶と串団子を楽しんでいた。

大人たちに混じって団子を齧《かじ》りながらも、辰馬はまだ興奮が冷めずにいる。

「すごかったねぇ……」

目を輝かせる幼子をよそに、新平はどこか浮かぬ顔をしていた。

「どうした新の字、浮かねぇ面《つら》ぁしてるじゃねぇか」

「いえね、あの一座のことなんですが……」

辰馬に聞こえぬように声を潜《ひそ》めつつ、新平は早見に問いかけた。

「旦那はご覧になってみて、何も気になりませんでしたか？」

「まぁ、やることなすこと派手なくせに如才ない連中だよな」

「その如才のなさが、どうも鼻につくんですよ」

「どういうこった。何かあるってんなら、言ってみな」

辰馬がおふゆと笑い合っているのを確かめた上で、早見は身を乗り出す。

そこに小関と神谷も顔を寄せてきた。

与七は早見と辰馬の間に座り、さりげなく壁になってくれている。

話を切り出したのは小関だった。

「実を言うとな、俺と十郎が新の字にくっついてきたのも、あの一座のことが気になったからなのさね」

「おやじどのも、か？」

「連中が江戸に来る前に、あの場所で誰が小屋掛けをしていたか覚えてるかい」

「水芸の九重太夫《ここのえだゆう》だろう。ちょいと年増《としま》だが大層な別嬪《べっぴん》だったよな」

「その九重太夫がな、行《ゆ》き方《かた》知れずになってるんだよ」

「ほんとかい」

「与力のお前さんの耳に入ってねぇのも無理はあるめぇ。北町に届けは出ているものの、まだ上に知らせるほどのネタは集まっちゃいねぇからなぁ」

ぼやいた小関に続き、神谷が口を開いた。

「行方が分からなくなったのは太夫だけではない……同じ一座の三味線弾きも姿を消して、このところ誰も見かけておらぬのだ」

「藤次《とうじ》って評判の色男ですよ。九重太夫といい仲なんじゃないかって、うちの店の女中たちが嫉妬混じりにいつも愚痴《ぐち》っております」

「だったら、二人して駆け落ちでもしたんじゃねぇのかい」

新平のつぶやきに、早見が答える。

「まぁ、そういうことなら俺ら町方が出張《でば》るまでもなかったんだけどよ」

小関が渋い顔で付け足した。

「水芸一座の座頭ってのは、なかなか厳しい男でな……芸人同士の色恋沙汰をご法度にして、太夫と藤次にも目を光らせていたそうだ。その座頭まで二人と示し合わせたみてぇにいなくなったとなりゃ、こいつぁ尋常じゃあるめぇよ。何しろ一座は続かなくなって、立ち退《の》きをさせられちまったんだからな。そのすぐ後に入《へぇ》り込んだのがあの唐人一座……ちょいと間《ま》がよすぎると思わねぇかい？」

「まさかおやじどの、連中を疑ってるのか」

「ああ。稼ぎ頭の太夫と三味線弾きに座頭までさらって一座を潰し、場所をぶん捕ったとすれば、符丁がぴったり合うんだよ」

「あの場所は目立ちますからね……それに座頭は少々の金を積まれて転ぶようなお人じゃなかったですし、九重太夫と藤次さんも軽々しいようでいながら、根は芸事一筋の真面目なもんでした。駆け落ちだなんて、まず有り得ませんよ」

小関の言葉を裏付けるかの如く、新平がつぶやく。

「私は何も、流行ってるから毎日通ってたわけじゃないんですよ。人気さえ高けりゃいいってもんでもありませんしね。長崎でなんぼのもんか知りませんが、華のお江戸にゃお江戸の流儀ってもんがあるんです……もしも水芸一座の人たちを酷《ひど》い目に遭《あ》わせたとしたら、許せませんよ」

しかし、怪しいところは未だに見出せないという。

客を装って小屋に通うだけでなく、張り込みや尾行をしても、誰も不審な動きは取っていないとのことだった。

「軽業師の小男は金三《きんぞう》、拳法遣いの色男は銀六《ぎんろく》、そして火吹きの大男は頑鉄《がんてつ》っていうんですがね、どいつもこいつも飲む打つ買うを一切せず、真面目一方なもんでして……黒子をやってる下働きの連中も、ご同様でしたよ」

「座頭の萬年屋ってのは、どうなんだい」

「そいつも身綺麗なもんでしたよ、旦那」

新平に代わって、与七が言った。

「小屋はもちろん宿にも忍び込んでみたんですが、何ひとつ怪しいところはありやせん。太夫たちが捕まってる様子もなさそうでしてね……」

「ちっ、叩いても煙が出るのは舞台《いた》の上ばかりってことかい」

齧《かじ》りかけの団子を手にしたまま、早見は空を仰ぐ。

好物の甘味も、今は苦いばかりであった。


事件が起きたのは、その日の夜更けのことだった。

洲崎《すさき》の浜に、九重太夫が変わり果てた姿となって打ち上げられたのだ。

溺死《できし》していたわけではない。

頭から腰骨の辺りまで唐竹《からたけ》割りにされ、簀《す》巻きにされていたのである。

検屍《けんし》に呼ばれた女医の彩香《あやか》が調べてみても、凌辱《りょうじょく》された形跡は見当たらない。

ただ殺すために凶刃を浴びせて一刀両断にし、海に捨てたのだ。

早見たちは浜町河岸《はまちょうがし》の診療所に集合し、彩香が戻るのを待って話を聞いた。

「左様な場合は手籠《てご》めにした上で殺すことが多いものですが、違いましたね」

淡々と説明をする彩香は、年増ながらも人目を惹かずに置かぬ美貌の持ち主である。それでいて常に冷静沈着で、仲間内でも頼りになる存在だった。

「物盗りの仕業ってわけでもねぇのかい、先生」

「違います」

早見の問いかけに、彩香はさらりと答えた。

「簪《かんざし》は流されてしまっておりましたが、鼈甲《べっこう》の櫛《くし》が髪に絡んだままになっておりました。金目のものが欲しければ、真っ先に奪うでしょうね」

「体も金も目当てじゃねぇとなりゃ、狙いは命だけだったってことかい」

「そう判じていただくより他にありますまい」

淡々と話を締めくくり、彩香は十徳《じっとく》を脱ぐ。

「今宵《こよい》はもう遅うございます故、そろそろお引き取りくださいまし」

「ああ、すまなかったな先生」

小関に促され、早見と神谷も腰を上げる。

新平と与七も、黙ったまま立ち上がった。

彩香が物事に一切動じず、被害者に憐憫《れんびん》の情を示さぬのは、今宵に限ったことではない。そうでなければ医者は務まらず、まして影の御用を全うするなど無理な相談であることも、これまでの付き合いから分かっている。

それに、遠慮をする理由は今ひとつある。

軍団を束ねる依田政次と彩香は、かねてより深い仲。

聞けば彩香のほうから望み、そうした間柄になったという。

早見たちを起用する前からの付き合いとなれば依田が信頼し、重く用いるのも当然だろう。

色香で奉行を籠絡《ろうらく》し、操っているわけではない。

彩香が一目置くに値する女人《にょにん》なのは、もとより早見たちも承知の上。

だが、そんな彼女の力を以《もっ》てしても、続けて起きた事件の謎を解明することはできなかった。


無残な姿で発見されたのは、九重太夫だけではない。

今度は一座の頭も変わり果てた姿となって、千住《せんじゅ》の野っ原で見付かったのだ。

こちらは熊にでも襲われたかの如く、全身が深い傷だらけにされていた。

狐や狸はしばしば見かけられるものの、近在で熊が出没することはない。

その上を行くほど無惨《むざん》だったのは、大川の土手に埋められていた三味線弾きの藤次であった。

「うっぷ……」

　知らせを聞いて一番に駆け付けたものの嘔吐《おうと》を催した新平はともかく、亡骸《なきがら》を見慣れた小関と神谷も目にしたとたんに、息を呑まずにはいられなかった。

「こいつぁ吹き針どころじゃねぇな……何かこう、まとめてぶちまけられたって感じだろうぜ」

「火薬を用いたのではないか、おやじどの」

「そういや、妙な臭いがこびりついてるな……」

　周囲を見回すうちに、小関が怪訝《けげん》な声を上げた。

「おい十郎、そいつぁ花火玉の燃えかすじゃねぇのかい?」

「まことか」

　神谷は亡骸が埋められていた穴に入り、じっと目を凝らす。

　つまみ上げたのは、花火玉の表面を固める雁皮紙《がんぴし》の破片だった。

「うむ、間違いあるまいぞ」

「花火玉に針と火薬を詰め込んで、投げつけたってとこかい……それならこんな有り様になっちまうのも、合点が行くぜ」

「即死はせなんだことだろう。よほど非道な奴でなくば、考えつかぬ殺し方だ」

「かわいそうに、どんだけ苦しんだこったろうなぁ」

「色男が見る影もない……気の毒な限りぞ」

小関と神谷は亡骸に片手拝みをすると、辺りの聞き込みに取りかかる。

一方の彩香は常と変わることなく、黙々と検屍中。

新平は立ってもいられず、土手の下で吐いているばかりだった。


「こうなりゃ仕方あるめぇよ。乗り込む役目は俺に任せな!」

小関たちから話を聞いて、早見は自ら名乗りを上げた。

正規の手続きを踏んだところで、何ら疑わしいところのない一座を取り調べることは叶《かな》わない。

そこで後から叱られるのを承知の上で、正面から乗り込んだのである。

しかし、敵は一筋縄ではいかぬ曲者《くせもの》だった。

「私どもが水芸の一座を潰したですって?　ははは、とんでもない言いがかりでございますよ、お役人さま」

萬年屋亀蔵は宿の一室に早見を招き入れ、相手をしていた。

看板の三芸人はもとより黒子たちまで人払いし、ただ独りで応じる態度は堂々たるもの。背筋を伸ばして座ったまま、若い早見の迫力に動じもしない。

「おい萬年屋。てめぇは言い逃れをするつもりかい！」

「ははは、滅相もありません」

「だったらお前、小屋掛けを続けられなくさせてやろうか。疑いの筋があるってだけでも、こっちは無理を通すことができるのだぜ？」

「まぁまぁ、どうぞお手柔らかにお願いします」

お国訛《なま》りのない亀蔵は口ぶりこそ丁寧だが、明らかに早見を侮《あなど》っている。自信の源は、当人の口から明かされた。

「早見さまでございましたな。実を申せば私どもは、前《さき》の長崎奉行さまからお墨付きをいただいて、長崎から出て参ったのです」

「な、何だって」

「まことですよ。お奉行もご出世なされて、今では恐れ多くも大目付……ご尊顔に泥を塗るような真似など、いたすはずがございません」

「くっ……」

「そもそも私の一座がご披露しておりますのは万事が見世物。人を殺《あや》める不心得者など、一人とて養ってはおりませせぬ」

「お前さん、ほんとにそう言い切れるのかい？」

「はい」

弱気にならざるを得ない早見を見返し、亀蔵は微笑む。

続く言葉も、自信に満ちたものだった。

「早見さまのお話によりますと九重太夫は唐竹割り、藤次さんは体じゅうを針に貫かれ、座頭さんは熊に襲われたかのような有り様だったとか。そのような芸を私どもはひとつも心得てはおりません。不幸な亡くなられ方をなさった皆さまのためを想っておられるのでしたら見当違いなどなさらずに、他を当たってみてはいかがですかな」

「…………」

たしかに、筋の通った物言いだった。

唐手の技や剛力を駆使して骨を砕き、あるいは火吹きの技で焼き殺されていたということならば、この場で亀蔵と一座の面々をまとめてお縄にしてしまっても文句は言えまい。

しかし、殺しの手口は明らかに別物。

見世物小屋はもとより宿からも怪しい得物は一切出てこず、分かったのは金三の手妻がすべて、小道具を巧みに使って客の目を欺《あざむ》いていることだけだった。

その金三が、ひょいと障子の後ろから姿を見せた。

「ぜんぶだんなのいうとおりよ。かえるがいいね、こっぱやくにん」

「何だおめー、本物の唐人じゃねぇんだろうが」

「ひごろからなりきらないとだめだろう。ながさきでもそうしているね」

「てめぇ、その小馬鹿にした物言いを止さねぇか！」

早見に怒鳴り付けられても、金三は涼しい顔。

亀蔵は叱りもせずに、微笑みながら見ているばかり。

早見は苛立《いらだ》たしげに立ち上がった。

「邪魔したな、萬年屋……」

「いえいえ、これに懲《こ》りずにまたお運びくださいまし」

亀蔵はにこやかに頭を下げる。

見送りながらも、目は笑っていなかった。

その頃、彩香は診療所で黙々と薬研《やげん》を転がしていた。

外科治療の心得を持ち、町奉行所から検屍を頼まれることもしばしばの彩香であるが、専門は本道《ほんどう》と呼ばれる漢方の内科。こうして薬を調合するのも、毎日の欠かせぬ仕事であった。

障子戸越しの西日が、診療所の中を明るく照らしている。

しかし、彩香の顔色は冴えない。

美しい顔を翳《かげ》らせ、板敷きの床で薬研を転がす手も止まりがちだった。

一連の変死を解決する手がかりは、一向に見出せずにいる。

彩香の知識と経験を以てしても判明させるには至っておらず、分かるのは日《ひ》の本《もと》には存在しない、異国の武器を用いたらしいということのみ。

神谷と小関に加えて新平と与七も探索に動いてくれてはいるものの、未だに敵の居場所どころか正体さえ摑めてはいなかった。

だが、このままにはしておけまい。

「罪なき者に非道な真似を……許せるものではありませぬ……」

つぶやく美貌に、いつもの冷静さはない。

無惨な殺され方をした水芸一座の人々のことを想えば、手を下した外道の素性を速やかに暴き、一日も早く無念を晴らしてやりたい。

自身も肉親を酷い目に遭わされた立場として、そう望まずにいられないのだ。

募る焦りを抑えつつ、彩香は薬研の柄《え》をぎゅっと握る。
彼女の顔だけでなく、障子戸もいつしか翳りを帯びていた。
表の通りを吹き抜ける木枯らしが、ひゅうと鳴る。
何の収穫も得られぬまま、冬の一日が早くも暮れようとしていた。

第二章　黒き名医

一

相手を同じ人と思っていれば、ここまで残虐《ざんぎやく》な真似はしないはず――。

行き方知れずとなった末に見付かった水芸一座の太夫と三味線弾き、そして座《ざ》頭《がしら》の亡骸《むくろ》は、それほどまでに酷《ひど》い有り様だった。

誰が何のために為したのであれ、二度と繰り返させてはなるまい。

しかし、犠牲者は三人だけにはとどまらなかった。

同様の無残な事件が、江戸市中の各所で起きたのである。

両国広小路での小屋掛けを巡る諍《いさか》いとは何の関わりもない、通りすがりの男女までもが誰彼構わず、殺しの的にされたのだ。

湯屋の二階は、どこの町でも男たちのくつろぎの場となっている。

江戸っ子は仕事を終えるとまずは湯屋に出かけて汗を流し、その後はひと眠りしたり軽食を摂《と》ったり、お喋《しゃべ》りに花を咲かせたくなるのが常だった。

そんなくつろぎの場も、近頃は辻斬りの噂で持ちきり。

書物の販売や印刷に携わる者が大勢働く神田の湯屋でも、泊まり込みの仕事を終えた版木《はんぎ》彫りの職人たちが火照《ほて》った体を冷ましつつ、二階の広い板の間で車座になってくつろいでいた。

「こいつぁやっぱり、かまいたちの仕業だぜ。うん、そうに違いねぇや」

湯上がりの顔をてかてかさせて、そう言い切ったのは若い職人。

応じて、同じ年頃の二人が口々に言った。

「かまいたちがやったかどうかは知らねぇが、たしかに稀有《けぶ》（奇妙）なこったぜ。人里離れた山の中やら街道筋じゃあるめぇし、華のお江戸のど真ん中でこんな物騒なことが、どうして立て続けに起きるんだろうな？」

「殺されちまったのは、とっくに十人を超えてるって言うじゃねぇか」

「困ったもんだぜ。このままじゃ、おちおち夜道も歩けやしねぇ」

「まったくだい。やり口も、とても人間業たぁ思えねぇしな」

若い職人は負けじと言った。

「だから物の怪の仕業だって、さっきから言ってるじゃねぇか」

「でもよぉ、かまいたちってのは着物や肌にちょいとした傷を付けるぐらいなんだろ？　亡骸《おろく》の有り様は、そんな生易しいもんじゃねぇらしいぜ」

「それじゃ、やっぱり得物《えもの》は刀《だんびら》か」

「しかも、辻斬り野郎《としかさ》は珍しい刀《の》を持ってるんじゃねぇかって噂だな」

そこに一番年嵩の、中年の職人が口を挟んだ。

「俺も自身番の小者《こもの》から聞いてるぜ。九重太夫の検屍《けんし》をしなすった彩香先生のお見立てで分かったそうだが、あの別嬪《べっぴん》を真っ向唐竹割りにしやがった野郎の得物はりゅうようとうっていう、唐《から》渡りの刀らしいや」

「りゅうようとう？　何だい、そりゃ」

若い職人がきょとんとする。

中年の職人が説明した。

「俺だって詳しいこたぁ知らねぇよ。自身番に貼られていた手配書には、なんか柳の葉みてぇなもんが描いてあったたな……とにかく日の本の刀なんか比べものにならねぇぐらいに幅が広い、鉈のお化けって感じだったぜ。あんなもんで斬り付けられたら、誰だってひとたまりもないだろうよ」

「おいおい、そんなお化けみてぇな刀がほんとにあるのかい」

信じがたい様子の若い職人に、中年の職人は続けて言った。

「そうらしいぜ。物知りな先生でも他の得物は見当が付かないらしいが、りゅうようとうが使われたのだけは間違いねぇとさ。それによ、はすじを通すとかって言うそうだが、九重太夫や後から殺された連中の酷い有り様から察するに、辻斬り野郎はとんでもねぇ遣い手らしい。人を唐竹割りにするなんて、よほどの手練《てだれ》でも真似のできねぇ芸当だろうからなぁ……」

「ははは、そりゃそうだ。薪《まき》割りをするのとは違うからなぁ」

横でやり取りを聞いていた一人が、思わず失笑を漏らした。

「おい！　笑い事じゃねぇだろうが」

中年の職人が声を荒らげた。

「おめーらは誰も亡骸を見ちゃいねぇから、そうやって他人事《ひとごと》みてぇに言えるのだろうよ。そりゃ俺だって、人を薪ざっぽうみてぇに真っ二つにしちまうなんて有り得ねぇこったと思ってたけど、三日前に大川端で殺られた関取《せきとり》の亡骸をたまたま目にしちまってな……うっぷ、思い出しただけで吐き気がしやがる……」

堪《たま》らずに中年の職人は立ち上がり、階段を駆け降りていく。

唖然《あぜん》と見送る若い職人たちの顔も、真っ青になっていた。

殺しの得物として挙げられたのは、いわゆる青龍刀《せいりゅうとう》だった。

正しい名称は柳葉刀で、長さこそ日の本の刀と大差ないが血槽《けっそう》と呼ばれる樋《ひ》が二筋彫られた刀身は目立って幅広で重ねも厚く、遠心力が加わって絶大な威力を発揮する。柄《つか》を操る手の内と、刃筋と呼ばれる角度を乱すことなく斬り下ろせば一振りで首を飛ばすのはもとより、唐竹割りにしてのけるも容易《たやす》い。

もちろん、日の本には広まっていない武器である。

にも拘《かか》わらず彩香に突き止めることができたのは、漢籍《かんせき》をこよなく好んだ父親が愛蔵した『西遊記《さいゆうき》』と『水滸伝《すいこでん》』を少女の頃にすべて読みこなし、詳細な内容まで覚えていたからであった。

彩香は日の本の感覚に照らせば残虐に過ぎる面も有る、多岐に亘《わた》る武器や武術が行使される描写に興奮させられた記憶を思い起こす一方で、依田が集めていた兵法書の『武備志《ぶびし》』にまで目を通して凶器は唐土の刀、それも柳葉刀に違いないと当たりをつけたのだ。

よほど漢籍に通暁《つうぎょう》していなくては、成し得ぬことであった。

「とにかく、尋常《じんじょう》じゃねぇってことだよ」

厠《かわや》から戻った中年の職人が、しかめっ面《つら》で言った。

「そんな物騒《ぶっそう》な得物《もん》で斬り付けられたとなりゃ、どいつもこいつも二目と見られねぇ様にされちまうのも無理はあるめぇ……」

「それに熊の手と、針を火薬でぶっ飛ばす奴まで居やがるんだろう？」

「役人でも誰でもいいから、とっととやっつけてくれねぇかなぁ」

「そんな豪傑《ごうけつ》なんか居るもんかい。日が暮れたら帰って飯食って、戸締まりして寝ちまうしかあるめぇよ」

若い職人たちは口々にぼやいた。

「これからは余分な銭が入っても、岡場所通いは止めとこうぜ」

「仕方あるめぇよ。いい気持ちになった帰りにバッサリ殺《や》られちまったんじゃ元も子もねぇからな」

「命あっての物種だ。これからは、近くの夜鷹で手を打つとしようかい」

「おいおい、殺しは柳原土手でも起きているのだぜ。昨日の夜更けに夜鷹と客が針まみれにされちまったばっかりなのを、もう忘れちまったのかよ」

「そういや昨夜《ゆんべ》は吉原田圃《たんぼ》でも、さむれぇが二人殺られたそうだな」

「俺も聞いてるぜ。吉原《なか》に歩きで繰り出した、どこぞの田舎侍らしいや」

「駕籠《かご》代を惜しんだな……猪牙《ちょき》を仕立てりゃ安く済むのに、馬鹿な奴らだぜ」

「ところがな、ただの間抜けじゃねぇらしいんだ。お国許《くにもと》じゃ二人とも、大層な腕利きと評判なんだってよ」

そんなことを言い出したのは、今まで黙っていた三十男の職人だった。

「江戸勤番は暇だからって道場破りで荒稼ぎをして、あっちこっちからせしめたお金《たから》で大層な刀まで手に入れていたそうだ。そんな手練が一人はバッサリ真っ向唐竹割り、もう一人は熊みてぇな爪でザックリ喉笛を裂かれちまって、ご自慢の名刀を抜き合わせることもできなかったんだからなぁ」

「ほんとかよ？　おめー、まさかその場に居合わせたってのかい⁉」

「俺だったら今頃生きちゃいねぇよ。その場に来合わせたって駕籠かきが客待ちしながら仲間と話してたのを、ちょいと小耳に挟んでな。それが二人の侍を殺った野郎の身の丈は、何と一丈《じょう》もあったそうだぜ」

「はぁ？　一丈だって⁉」

「てめー、調子に乗りやがって。馬鹿も休み休み言いやがれ」

若い職人たちが呆れ返ったのも無理はあるまい。

一丈は十尺、つまり三メートルにも及ぶ。人どころか蝦夷《えぞ》の地に出没する羆《ひぐま》でさえ、そこまで巨大なものは滅多にいない。

中年の職人が問いかけた。

「そいつぁ八丁堀でも承知のことなのかい？」

三十男の職人が答える。

「それがな、駕籠かきは命からがら逃げ帰って、あの界隈《かいわい》を持ち場にしてる定廻の屋敷に駆け込んだそうなんだが、甲田《こうだ》って北町の同心はそんな大男なんか居るはずねぇの一点張りで、よくぞ知らせてくれたって褒《ほ》めてくれるどころか、逆に説教されちまったってぼやいてたよ」

「せっかく注進したのに、とんだ骨折り損だったたってわけかい」

「そりゃそうだ。一丈もある大男なんて、出鱈目《でたらめ》にも程があらぁな」

若い職人たちは相変わらず話を信じていない。

中年の職人がまた問うた。

「だけどよぉ、その駕籠かきも大概間抜けだろうぜ。わざわざ八丁堀まで知らせに走るよりも、大門《おおもん》脇の面番所に真《ま》っ直《つ》ぐ駆け込めばよかったじゃねぇか。吉原田圃からなら目と鼻の先のはずだろうが？」

三十男の職人が残念そうに答える。

「そいつは無理な相談だ。侍たちを殺った野郎は得物を収めて、そのまま吉原《なか》に向かったそうだからな」

「まさか殺しをやらかしたその足で、吉原にしけ込んだってのかい？」

重ねて問うた中年の職人に、三十男の職人は溜め息交じりに告げる。

「そこまでは知らねぇよ。今頃は、甲田もとっくに探りを入れてるこったろうが……どっちにしても、駕籠かきは面番所に行けなかったってことさね」

「ま、その同心が信じなかったのも無理はあるめぇ。何しろ両国広小路で評判の願鉄だって、七尺に届いちゃいないのだぜ。一丈もある奴なんてお江戸どころか日の本じゅうを探し回ったところで、居るはずがねぇだろうさ」

中年の職人のつぶやきに乗っかって、若い職人たちは口々に言った。

「やっぱり正体は物の怪だな。そいつはきっと、大入道だぜ」

「とにかく、夜歩きは冗談抜きで控えたほうがよさそうだ」

「そうだなぁ。八丁堀もえばりくさってばっかりで、てんで当てにはならねぇこったし……」

一同は首をすくめて立ち上がり、そそくさと階下に降りていく。

散々けなした町方役人に隣で聞かれていたとは、誰も気付いていなかった。

二

ぱちり。

ぱちり。

静まり返った湯屋の二階に、将棋を打つ駒の音が響き渡る。

他の客たちは、それぞれ手枕をして昼寝の最中。二階の一角で茶や菓子を売る湯屋の番頭も、座ったままでいびきをかいていた。

誰もが眠気を誘われる昼下がりのひと時に、起きているのは対局中の二人——神谷十郎と新平のみだった。

共に髷《まげ》の形をわざと崩し、襟を大きくはだけている。昼日中から長《なが》っ尻《ちり》をしても怪しまれぬように、二人連れの遊び人を装っていたのだ。

「……うるせぇ奴らだったなぁ、兄い」

将棋を指しつつ、新平は憤懣《ふんまん》やるかたない様子でつぶやいた。

くりっとした目を剝《む》く顔は、きかん坊そのもの。

神谷と二歳しか違わないとは思えぬ童顔である。

当人はいっぱしの博徒気取りらしいが、傍目《はため》には古着屋で盗んだ着流しを引っかけた、いたずらっ子にしか見えなかった。

一方の神谷は、無言で駒を動かすばかり。

引き締まった体に、派手な着流しが映えている。

六尺近い早見に及ばぬまでも背が高く、手足もすらりと長い。

だらしない着こなしをしていても品の良さを感じさせ、歳の離れた弟と共に身を持ち崩した大店《おおだな》の若旦那、とでもいった雰囲気を自然に醸《かも》し出していた。

「……旦那ぁ、お腹立ちじゃないんですか」

番頭と他の客たちがみんな眠っているのを横目で見て取り、新平は言葉遣いを改めた。

「八丁堀には神谷の旦那に早見の旦那、それに小関《ぬ》のおやじさまみたいな立派なお人だって居なさるんですよ。なのに好き放題に吐かしやがって……さっきの奴らを追っかけてって、どやしつけてやりましょうか?」

日頃から敬愛している面々を馬鹿にされた気がして、本気で怒っていた。

だが、当の神谷は落ち着いたもの。

「止めておけ。おぬしだけでは袋叩きにされるがオチぞ」

もちろん神谷とて面白くはなかったが、今は素性を隠した上で、事件の手がかりを集めている最中。

南北の町奉行所に十四名ずつ属し、江戸市中の見廻りと捕物御用を仰《おお》せつかる廻方の中でも、定員二名の隠密廻同心は特殊な役目。神谷も小関も奉行所に出仕するときや、吉原遊廓の大門脇に設けられた面番所に南町の隠密廻と交代で派遣される折には同心らしい装いをするものの、本来の役目である市中の探索に赴く際は浪人や虚無僧《こむそう》、行商人や遊び人など、さまざまな姿となって人目を欺《あざむ》く。

今日の神谷の変装も、まだ誰にも気付かれていない。

将棋に熱中していると見せかけ、言いたい放題に耐えたことは無駄ではなかった。

先程の男たちが一笑に付した、下手人の外見に関する話は神谷も初耳。

朝一番で小関ともども奉行所に出仕し、筆頭同心から事件について知らされたときはすでに遅く、同僚の甲田源五郎《げんごろう》が現場まで出向いた後だったのだ。

しかも雑用を押し付けられたため検屍に立ち会わせてもらえず、代わりに新平を差し向けて探りを入れさせるより他になかったが、その新平も神谷付きの岡っ引きとして顔を知られているため甲田から邪険にされ、亡骸を検《あらた》めさせてもらうには至らなかったという。

心ならずも調べが付かずにいた事実が、思わぬところで判明したのである。

「甲田の奴め、駕籠かきの訴えもまともに聞いてやらなかったらしいな」

「前から思ってましたけど、ほんとにいけ好かないお人ですよ」

ムッとした顔で、新平が答える。

「今朝も吉原田圃まで検屍に駆け付けなすった彩香先生に、呼んでもいないのに余計なお世話だの何だのと、偉そうに言ってました」

「放っておけ。手柄を立てられずに困るのは、甲田自身ぞ」

将棋盤を見下ろしながら、神谷はつぶやく。

「おぬしも存じておろうが、我ら町方役人は一年ごとの御奉公……永《なが》のお抱えと思われがちだが油断は禁物でな、余りに働きぶりが悪ければ、大つごもりに御役御免を申し渡されてしまうことが無いとは言えぬ。まして甲田は袖の下をせっせと取るばかりで碌《ろく》な働きをしておらぬ故、恐らく後がないはずだ」

「だったら余計に、どんな手がかりも疎《おろそ》かにしちゃいけないでしょう」

「先程の連中も言うておったとおり、出鱈目と決め付けておるのだろうよ。左様に粗忽《そこつ》な奴なれば、日頃から手柄とは無縁なのだ」

たしかに眉唾《まゆつば》ものの証言ながら、偽りとは言い切れまい。

「……異国の刀を扱い慣れし、身の丈が一丈の大入道、か……」

ぱちり。

駒を指すと、神谷はつぶやく。

「それにしても、勤番侍たちの亡骸を藩邸に持って行かれたのは手痛いことぞ」

「まったくですよ。甲田さまときたら、あっさり引き取らせちまって……ご用人が何か渡してましたけど、あれは賄《まいない》だったに違いありませんよ！」

新平が悔しげに歯噛みするのを、神谷は冷めた口調でなだめた。

「今さら甲田などを責めたところで時の無駄だ。ともあれ、引き取られし勤番侍たちの亡骸を検めるためには藩邸に入り込まねばなるまい。これまで彩香どのが検めし亡骸と異なる点があるのか否か、確かめぬままには捨て置けぬ故……殺しの場を目にした駕籠かきにも、直《じか》に話を聞かせてもらうといたそうぞ」

「そっちの調べは任せてください」

「独りでも大事ないか」

「与七にも手伝ってもらいますよ」

「しかと頼むぞ、新平」

告げる神谷の口調は、もはや怒りなど帯びていない。

面長で目鼻立ちの整った顔にも、いつもの甘い雰囲気が戻っている。

それでいて、長いまつ毛が優美な瞳の輝きは力強い。

細身ながら鍛え抜かれた体全体から、静かな闘気が立ち上っていた。

「こたびの相手は強者《つわもの》だ。与七が居《お》るからと言うて、気を抜いては相成らぬ」

「心得ております」

「されどな新平、気を張っても無茶をしてはいかんぞ。むろん柳葉刀と熊の如き爪の遣い手に油断は禁物なれど、おやじどのが追っておる針使いは尋常ならざる相手だ。どこか殺しを楽しんでおる節《ふし》もある……もしも襲われし折には合羽《かっぱ》でも半纏《はんてん》でも構わぬ故、まず頭から引っ被《かぶ》りて攻めを防ぐがいい」

「分かりました。与七にも重々念を押しておきますね」

「後を追って素性を突き止めるも大事だが、命を無駄にしてはならぬ。手強《てごわ》い敵には三十六計を決め込むが勝ちと、おやじどのも常々申しておる故な……」

柳原土手で夜鷹と客が殺された件については、小関が調べを進めていた。

神谷が筆頭同心に雑用を押し付けられた隙に奉行所を抜け出し、吉原の面番所詰めは南町の番なのを幸いに、朝から動き回っている。

浅草一帯を持ち場とする甲田と同様、界隈の見廻りを受け持つ定廻同心がいち早く乗り出してはいたものの当てにせず、自力で手がかりを見出すつもりなのは神谷と同じだった。

今頃は新平が差し向けた与七も合流し、調べを手伝っているはずである。

「こっちはこっちで、早いとこ目星を付けなくちゃなりませんね」

「うむ……そのためにも、まずは勤番侍たちの亡骸を検めねばな」

「何としてでもお屋敷に入り込みましょうよ、旦那。甲田のせいで亡骸を検めることはできませんでしたけど、後をつけて場所だけは押さえてありますのでね」

「して、勤番侍たちが運び込まれし屋敷は何処《いずこ》なのか」

「愛宕下《あたごした》の藪小路《やぶこうじ》です。ちょいと店に戻って武鑑《ぶかん》を調べてみたら、肥後人吉《ひごひとよし》二万二千百石、相良志摩守《さがらしまのかみ》さまのお屋敷とありました」

「肥後人吉と申さばタイ捨流《しゃりゅう》……古流剣術の名門の技を学び修めし身ならば、空《むな》しゅうされし二人はよほどの腕利きだったに相違あるまいよ」

「そんなに凄《すご》い流儀なんですか、旦那ぁ」

合点が行った様子の神谷に対し、新平はピンと来ないらしかった。

「たい、しゃりゅうなんて、お江戸じゃ聞いたこともありませんけど……」

「上泉伊勢守《かみいずみいせのかみ》は存じておろう。かの柳生《やぎゅう》一門の祖にして剣聖と讃《たた》えられしお人であらせられるからな。タイ捨流を興《おこ》せし丸目蔵人佐《まるめくらんどのすけ》は肥後人吉を代々領する相良氏の家臣で、伊勢守の下にて新陰流《しんかげりゅう》を学び修めし御仁《ごじん》。高々と飛翔して敵に蹴りつけ、体《たい》を崩させし上で斬り伏せる一手もたしか伝わっておるはずぞ」

「跳ぶんですか？　あの唐人一座の連中みたいに？」

「むろん見世物ではなく理合《りあい》……戦いの場を踏まえて為すことだ。武骨なれども乱世の遺風を忘れぬ、実戦の剣と申すべきであろうな」

「旦那がそこまでおっしゃるってことは、相当なものなんでしょうね」

「諸国には江戸で知られておらぬ、さまざまな流派が有るものだ。ましてタイ捨流は柳生一門と源を同じくする上に、無二の高みに達せし流派……その遣い手を二人まとめて倒すなど、なまじの腕では成し得まい」

つぶやく神谷は小関に劣らず、古今の武芸に詳しかった。

知識が豊富なだけではなく、実力を伴っているのも同様である。

南町奉行所との対抗戦に決まって駆り出され、その強さを庶民にまで知られている早見ほどには評判を取っていないものの、剣の腕が立つのだ。

亡き父の跡を継いで隠密廻同心の役目に就き、幼馴染みの早見と少年の頃から競ってきた一刀流の道場通いは御用繁多で中断せざるを得なかったものの、屋敷での鍛錬は今も欠かしていない。

一方で、神谷は手裏剣術にも長《た》けている。

さまざまに姿を変えて市中を探索するため、常に刀を帯びてはいられぬ隠密廻の心得として父が生前に授けてくれた飛剣の術は、表の役目のみならず影の御用の悪党退治においても遺憾なく発揮されており、的《まと》として狙った敵の隙を冷静に見出す目も備えていた。

「そんな遣い手なのに、どうして簡単に殺られちまったんでしょうね。刀を抜き合わせることもできなかったそうじゃないですか」

「油断大敵《かし》……左様に申すしかあるまいぞ」

首を傾げる新平に、神谷は続けて説き聞かせた。

「強靭《きょうじん》に鍛え上げし足腰から繰り出すタイ捨流の技を以《もっ》てすれば、たとえ一丈の巨漢といえども打ち破ることが叶《かの》うたやもしれぬ。したが落命せし二人の勤番侍は大男ならば動きは鈍いと甘く見てしもうたが故、不覚を取ったのであろう……隣国の薩摩に侮《あなど》られぬためにも、家中のお歴々としては隠し通したいはずだ」

「お家の恥になるから、揉み消したいってことなんですか」

「より深刻なのは、国境《くにざかい》を越えられることだ。相楽と島津《しまづ》の領地は山中で接しておる故、油断いたさば容易に入り込まれる。お家流の剣士が正体も定かでない辻斬りに倒されたと知られたならば侮られ、人吉の城下にまで探りを入れられるやもしれぬ……それでは相良侯《こう》の不興を買って遠ざけられたと装い、その実は主家を守護する任を担《にの》うて、国境を越えんとする島津の隠密を自ら斬り捨てておった丸目蔵人佐に申し訳が立つまい。何事もなかったと装うて、知らぬ存ぜぬで乗り切るしかあるまいよ」

「そんな……お大名はみんな上様のご家来なんでしょう？　お江戸がこんなときぐらい、手を貸してくれたっていいじゃないですか」

「それとこれとは話が別だ。己《おの》が家名と体面を保つことに比ぶれば、市中の民の難儀などは他人事《ひとごと》ぞ」

「勝手なもんですね。辻斬り野郎の素性を暴くのに、大事な手がかりになるかもしれないってのに……」

「致し方あるまい。大名にとっての宝は己が家臣と領民のみであり、致し方なく参府させられておるだけの江戸の治安はもとより、日頃から勤番侍を軽んじがちな市中の民を守る役に立とうなどとは、微塵《みじん》も考えておらぬだろうよ。それより家中の手練が賊に後れを取ったと噂が広まり、島津家に侮られるばかりか幕閣にまで落ち度を咎められては困るが故に、何としても取り繕いたいはずぞ」

「それじゃ、亡骸も早いとこ始末しちまうんじゃないですか」

「うむ。下手をすれば通夜まで省き、茶毘《だび》に付すやもしれぬ」

「そんな無茶な。お大名はご家来衆を大事にするんじゃないんですか？」

「是非もなかろう。奉公に御恩を以て報いつつ、お家の大事とあれば家臣には死をも強いる……それが鎌倉の昔から変わらぬ、武家の理《ことわり》なのだ」

「ほんとに勝手なもんですねぇ、田舎大名のくせに」

「左様に悪《あ》しざまに申すでない。人にはそれぞれ、譲れぬ大義というものがある……ならば我らも、己が義を通させてもらうまでぞ」

決意も固くつぶやいて、神谷は駒を打った。

ぱちり。

「王手ぞ、新平」

「えっ？」

新平は信じがたい様子で目を凝らす。

「あ……」

たしかに王将は詰まれていた。

飛車角で攻めることなく成り銀のみが、ぴたりと横っ腹に付いている。

「こいつぁ腹銀《はらぎん》……いつの間に寄せなすったんですか、旦那ぁ」

「万全を期した布陣にも、必ずや何処かに抜けがあるものぞ。俺はただ、その隙を突いたにすぎぬ」

「参りました……」

慢心《まんしん》したのを恥じながら、新平は盤上の駒を片付け始めた。

ふと思い出した様子で、顔を上げる。

「そうだ旦那、吉原田圃でちょいと妙な奴を見かけましたよ」

「妙な奴とな？」

「ただの野次馬かもしれませんがね、旦那のおっしゃる、抜けになっちまう前に申し上げたほうがよろしいかと思いまして」

「それは良き心がけぞ。話を聞こうか」

「三十絡みで背の高い、どっか翳《かげ》のある男でした。周りの野次馬は勤番侍の亡骸見たさで誰も気にしちゃおりませんでしたが、身なりも黒ずくめで、妙に目立つ野郎でしたよ。総髪で小脇差なんぞ帯びてましたんで、浪人かもしれません」

「して、そやつのどこが妙であったと申すか」

「遠眼鏡を持っていたんですよ」

「とおめがね？」

「ほら、西鶴《さいかく》の一代男に出てくるじゃないですか。九つのちびっ子のくせに色気づいた世之介《よのすけ》が目を付けた女中を口説きにかかる前振りに、屋根の上から覗《のぞ》きをやらかすとこですよ。四阿屋《あずまや》の棟《むね》にさし懸《かか》り、亭《ちん》の遠眼鏡を取り持ちて、かの女をあからさまに見やりて……って、旦那だって一度ぐらいはお読みになった覚えがお有りでしょう」

「言わずもがなのことを申すでない。男ならば西鶴は誰もが避けて通れぬところであろうよ」

懐かしげに笑った顔を、神谷はすぐに引き締める。

「たしか世之介が行水中のおなごを覗いた遠眼鏡は、ずいぶん細く長く描かれておったはずだ。その黒ずくめの男も人前で取り出さば嫌でも目に付き、それこそ甲田にでも見咎められて、無事では済まなんだのではないか」

「それが旦那、近頃のはここまで便利になっておりましてね」

そう言って新平が懐から出して見せたのは、筒が伸縮式の望遠鏡。

「長崎屋さんを通じて、やっと手に入れた新式です。海の向こうじゃ、船乗りも持っているそうですよ」

「ふむ、ずいぶんと小さいのだな」

得意顔の新平をよそに、神谷は首を傾げた。

「ううむ、やはり小さいな……御公儀の司天台《してんだい》で渾天儀《こんてんぎ》とやら申す球体と共に使われておる星眼鏡とは、比べるべくもあるまい……」

「短いからって馬鹿になすっちゃいけません。ほら、一杯にすればこんなに伸びますし、ちょいと映り具合を試してみましょうかね。へっへっへっへっへっ」

にやつきながら、新平は床の一角に躙《にじ》り寄る。

「これ、何をいたすか」

望遠鏡を構えようとした新平の首根っこを、サッと神谷は押さえ込んだ。

湯屋の二階からは男湯はもとより、女湯の脱衣場と洗い場まで階段の降り口に立てば丸見え。先程の職人たちも覗こうとしたものの、神谷が将棋を指しながら睨んでいたため、気圧《けお》されて何もできずじまいだった。

ところが、今度は配下の新平が浅ましい真似をしようとしている。覗きを防ぐために二階では常に番頭が目を光らせているが、今日はよほど疲れが溜まっていると見えて、一向に起きる気配はなかった。

かくなる上は神谷が自ら、腕ずくでも止めるしかない。

「世之介の真似をいたして何とするか。おふゆが見たら呆れるぞ」

「いいじゃありませんか。せっかく番頭さんも寝てるんですし」

「男ならば己を律する気概を持てと言うておるのだ、阿呆《あほう》め」

ぽかりと頭を引っぱたき、神谷は望遠鏡を取り上げる。

他愛のない悪戯《いたずら》にキツいお仕置きをしたのは、洗い場におたみの一糸まとわぬ姿を見出したからだった。

八丁堀の組屋敷に、新平は二人の女中を日替わりで寄越してくれている。

今日はおとみという若い女中が来る番なので、おたみは休み。雇い入れたときに通い奉公先が他にもあるのかと尋ねたところ、すべて断って専念すると言っていたので、他人の空似ではあるまい。

ともあれ、新平より先に見付けることができたのは幸いだった。

（存外に着痩せをする質《たち》であったか……いや……いかん、いかん）

神谷は頭を振り、図らずも目にした白い肌身の記憶を脳裏から追い払う。

（まだ軽石を使《つこ》うておるのかな……）

さりげなく視線を戻すと、すでにおたみの姿は消えていた。

神谷が新平をとっちめている間に糠袋《ぬかぶくろ》で体を洗い、むだ毛の手入れまで速やかに終えて、湯に浸かるために柘榴口《ざくろぐち》を潜ったのだ。

湯屋では浴槽が冷めるのを防ぐため、洗い場との境目を板できっちり仕切った上で、腰を屈めなくては潜れないほど低く小さい出入り口が、一箇所だけ設けてある。その出入り口が柘榴口で、覗き放題の二階からも湯に浸かっている間だけは姿が見えぬ仕組みとなっていた。

（ううむ、危うく己を見失うところであったな……）

目一杯に伸ばされていた遠眼鏡を畳みつつ、ホッと神谷は一息つく。

そこに恨みがましい声が聞こえてきた。

「あんまりですよ、旦那ぁ」

「やかましいぞ、恥を知れ」

ぼやく新平に望遠鏡を返してやると、神谷は言った。

「そも遠眼鏡とは戦場《いくさば》にて敵の動きを知り、太平の世に在っては天の動きを知るための利器ぞ。その利器で下種《げす》な真似をいたさば、天を探り暦を改むるに心血を注がれた、渋川春海《しぶかわしゆんかい》どのも浮かばれまい」

「そんな、世之介のことは別に怒っていなかったじゃありませんか」

「戯作《げさく》に出て参る者たちは何をいたそうと構わぬ。されど、現《うつ》し身《み》の我らは出来得る限り、己が行いを正して生きるを忘れてはなるまいぞ。わざわざ遠眼鏡まで持ち出して亡骸を見物しおった、黒ずくめの男とやらも呆れたものだ」

「やっぱり、ただの野次馬だったんですかねぇ」

ぼやきながら、新平は望遠鏡を懐に仕舞った。

「そっちのほうは調べなくてもよろしいんですか、旦那」

「ただの下種に構《かも》うておる暇はない。まずは八州屋に立ち寄りて、速やかに愛宕下まで参ろうぞ」

スッと神谷は立ち上がる。

足早に階段を下るときも、女湯から目を逸《そ》らすことを忘れなかった。

三

かくして神谷と新平が動き出した頃、北町奉行所では早見が吟味方の用部屋で正座をさせられていた。

神谷と小関にばかり探索を任せておけぬと思い立ち、用部屋から抜け出そうとしたところを見咎められてしまったのだ。

「……」

板の間に折り敷かされた膝が痛い。

同僚たちはみんな出払い、一緒に居るのは格上の口うるさい与力のみ。

常にも増して、説教責めはキツかった。

「有《あ》り体《てい》に申すがいい。抜け出して何処へ参るつもりであったのだ、おぬし?」

「あの、ちと腹具合が……」

「ふん、どうせまた仮病であろうが」

中年の与力は鼻で笑った。

「おぬしの存念は分かっておる。自ら市中を巡って辻斬りを追いつめ、願わくばその手にて討ち取る所存なのだろう。え、左様であろうが?」

「……」

「ははは、図星らしいが許すわけには参らぬぞ」

笑われながらも激することなく、早見は深々と頭を下げたまま。

「何をしておる。話は終わった故、早う吟味の続きをいたさぬか」

与力が不審そうに告げてきた。

じっと見返し、早見は答える。

「それが、その……実は、妻《さい》が臥《ふ》せっておりまして……」

「まことか？」

思わぬ話を持ち出され、与力は目を丸くした。

「鶴子どのはおぬしと何やら揉めて、親許に帰ったと聞いておったが」

「何事も、それがしの不徳のいたすところにござる」

恥じ入った様子を装い、早見は訥々《とつとつ》と与力に訴えかける。

「妻が病に罹《かか》ったのは八丁堀に戻ってからのことにござる。それがしが要らざる心労をかけたのが災いしたかと思えば心苦しく、側に付いていてやりたいと……勝手ながら、本日はこれにて失礼をさせてはいただけないでしょうか」

切々と告げる口調は、真に迫ったものであった。

もとより妻子を大事にしているだけに、熱の入った態度となるのも当たり前。

老獪《ろうかい》な与力も、こたびばかりは見抜けない。

「何故に早う申さなんだか、愚か者め。左様な次第と存じておれば、儂とて長話などせなんだものを」

「されば、お先に失礼いたしてよろしいのですか」

「当たり前じゃ。残りの吟味は儂がいたす故、早う参るがよかろうぞ」

「かたじけのう存じます。されば、ご無礼を……」

今一度頭を下げると、早見は速やかに用部屋を後にする。

表にさえ出てしまえば、こっちのものであった。

四

奉行所を後にして、早見が向かった先は浜町河岸。

まずは彩香に会い、これまでの検屍から分かったことを教えてもらって、探索の足がかりにするつもりであった。

留守にしている間、辰馬のことは小関と神谷の屋敷で代わる代わる面倒を見てくれているので心配ない。小関の妻女である敏江《としえ》はもとより女中たちにも懐いているので、預けておいても安心だった。

（今日はおとみさんの番だったな。また山ほど菓子をこさえて、二人して仲良くぱくついてるこったろうよ……）

八つ時（午後二時）の空の下、早見は足早に歩みを進める。

北町奉行所のある常盤橋《ときわばし》から八丁堀、茅場町《かやばちよう》を経て人形町まで来れば、浜町河岸はすぐそこだ。

地名の由来となっている浜町川に沿い、しばし歩くと診療所が見えてきた。

「ん？」

表に人だかりがしている。

何やら争う声まで聞こえてくるとは、尋常ではない。

「おい、こいつぁ何事だい？」

「あっ、八丁堀の旦那」

振り返った野次馬は、界隈の住人たち。

日頃から隣近所のよしみで彩香の世話になっており、しばしば訪ねてくる早見や神谷、小関のこともかねてより承知の上だが、まさか影の御用で繋《つな》がっているとは誰も思っていない。

それにしても、一体どうしたというのだろうか。

「病人が暴れてるんですよ。留吉《とめきち》さんって版木《はんぎ》の彫師《ほりし》で、あたしたちと同じ裏店《うらだな》暮らしの人なんですけどね」

「先生に診てもらいに来たんだろ。どうしてそいつが暴れるんだい」

「それがね旦那、ずっと具合が悪そうにしてたのに、女の医者なんか当てになるかって言って、一遍も診てもらっちゃいないんですよ。今日はお仲間の職人たちが無理やり担ぎ込んだんですけど、この有り様《さま》でしてねぇ」

「しょうがねぇなぁ。ちょいと通してくんな」

心配そうに見守る人々をそっと押し退《の》け、早見は障子戸を開ける。

診療所の土間では彩香が大汗を掻きながら、台に横たわらせた男の体に鍼《はり》を打とうとしていた。

「これ、大人しくなさい！」

「てやんでぇ！……だ、誰が女の世話になるもんかい……ましてあんたは……」

「私は医者ですよ。男も女もありませぬ!!」

「う……うるせぇ！……」

暴れる留吉は三十絡《がら》みの、でっぷり太った男であった。

先程まで湯屋の二階に居た、仲間の職人たちが総がかりで押さえ付けてもあっさり振り飛ばされそうなほど、手足も太くたくましい。

だが、今や顔は真っ青なのを通り越して土気色。

懸命に力を振り絞っているものの、息も絶え絶えの有り様だった。

「そいつが留吉かい、先生」

「早見さま……」

「用向きがあって来たんだが、そっちのほうが急ぎみたいだな」

「相すみませぬ。腸癰《ちょうよう》を起こしておるらしゅうございます故……」

腸癰とは、盲腸を含めた下腹部の痛みのことである。

「それで鍼を打とうってのかい」

合点が行った様子で、早見は微笑む。

「療治が済むまで大人しくさせときゃいいんだろ？　俺一人で十分だろうぜ」

頼もしく告げながら裃《かみしも》の肩衣《かたぎぬ》を外し、刀の下緒《さげお》で襷《たすき》掛けをする。

思わぬ成り行きになってしまったものだが、目の前で苦しむ者を見捨てておくわけにはいかない。

そんな心意気も、続いて入ってきた男にとっては邪魔なだけであった。

早見に劣らず身の丈が高いばかりか、脚もすらりと長い。

長羽織から野袴、足袋と草履、そして肩に担いだ巾着袋に至るまでが黒一色の身なりは、颯爽《さっそう》としていながらもどこか怪しい。

何より早見が気に食わぬのは、その居丈高な態度だった。

「退《ど》いておれ、不浄役人」

「何だと？」

「おぬしの出る幕には非《あら》ずと言うておるのだ。素人が余計な真似をするでない」

「おめーこそ、藪《やぶ》から棒に何なんでぇ」

ムッとする早見に構わず、黒ずくめの男は診療台に歩み寄る。

「何ですか、あなたさまは」

すかさず立ちはだかった彩香を、男は無言で見返す。

長い前髪の間から向ける瞳は、一点の曇《くも》りもなく澄んでいた。

「……………」

はっと彩香は息を呑んだ。

傍目《はため》には常と変わらず、男と向き合っても些《いささ》かも動じることのない、気丈な女としか映らなかったことだろう。

しかし黒ずくめの男と視線が合った瞬間、彩香は思わず目を逸らしていた。

ほんの微《かす》かな、相手の男にしか気取られなかったであろう動きだが、とっさにそうせずにはいられなかった。

いつもは自分から堂々と、こちらを舐めるように眺めていた助平男が目どころか顔まで背けたくなるほどに、鋭く見据えてやるのが常の彩香である。

それが今はどうしたことか、一瞬のこととはいえ初心《うぶ》な娘の如き反応を示してしまったのである。

野暮な詮索《せんさく》をすることなく、男は問うた。

「おぬしが浜町河岸で評判の彩香先生か」

「左様でございますけど、何か？」

「ふん、噂に違《たが》わず生意気な顔だ……。それでは嫁の貰《もら》い手など居《お》るまいよ」

「な、何ですって」

憤慨するのを意に介さず、男は彩香を押しのけた。

「きゃっ」

よろめくのにも構うことなく、留吉の傍《かたわ》らに立つ。

すでに職人たちは台から離れ、息を潜めて成り行きを見守っている。

当の留吉はぐったりして横たわり、荒い息を吐いていた。

「お、お前さんは……誰なんでぇ」

「安堵《あんど》せい。医者は医者だが、おぬしの嫌いな高飛車女《たかびしや》ではないぞ」

意識が朦朧《もうろう》としているのに語りかけつつ着物の前をはだけ、腹掛けまで外すと男は慣れた手つきで診察を始めた。

「どうだ、痛むか」

告げながら押さえたのは右の下腹部。

「……あ、ああ……」

脂汗を流しながらも、留吉は気丈に答える。

いよいよ耐え切れなくなったのは、男が太鼓《たいこ》腹から手を離した瞬間だった。

「ううっ!!……」

「ふむ、思《おも》うたとおりぞ」

苦しげに呻《うめ》く留吉に、男は問いかけた。

「おぬし、冷えっ腹《ぱら》を治すつもりで熱い湯に入ったであろう」

「ど……どうして、そんなことが分かるんだい……」

「左様な診たて違いをしおる、藪医者が多いのだ。おぬしは医者嫌いなれば素人考えで判じたのだろうが、いずれにせよ無謀なことぞ。腫《は》れた患部を温《ぬく》めれば膿《うみ》が溢れて、痛みがいたずらに増すばかりだと分からなんだのか」

「そ、そんなの知るかよ……」

「分からぬならば、それでいい。医者に逆らわず、すべてを委ねることだな」

「てやんでぇ……い、色気で客を集めてやがる、こんな女の居《い》やがるとこで療治をされるのなんざ……ま、真《ま》っ平《ぴら》御免だい……」

「意固地《いこじ》な奴だな。先程よりの素振りから察するに、このおなごに懸想して袖にされたことが忘れられぬというところか」

「ばば……馬鹿を言うない……」

「ふっ、図星らしいな」

男は薄く笑った。

「それほど嫌だと申すのならば、俺が手術をしてやろう」

「しゅじゅ……つ……？」

留吉は聞き慣れぬ言葉を耳にして、絶え間ない痛みに苛《さいな》まれながらも戸惑わずにはいられない。

絶句したのをじっと見返し、男は静かに語りかけた。

「おぬしの罹《かか》りし病《やまい》は腹を開き、悪いところを除かねば治らぬものだ。今ならばぎりぎり間に合うが、放っておくと苦しみ抜いた末に数日で死に至るぞ」

「そ、そんな……」

「その気があれば今すぐ決めよ。俺も多忙な身である故、行ってしもうたら後はないと思うがいい」

「………」

「気が進まぬか。ならば、好きにいたせ」

告げると同時に、すっと男は背中を向ける。

「ま、待っておくんなさい……」

留吉は懸命に身を乗り出した。

「俺はまだ死にたくねぇ……お、お願いいたしやす……先生……」

懸命になって手を伸ばしたまま、留吉は気を失った。

「大した奴だな。今の今まで、よくぞ持ちこたえたものよ」

男は留吉を抱き起こすと、仰向けにして寝かせてやった。

彩香には目もくれず、職人仲間たちに視線を向ける。

「おぬしたちには、こやつを押さえておいてもらおうか。この体で暴れられては切るのも縫うのも厄介だからな」

「もちろんでさ、先生！」

二つ返事で答えたのは中年の職人。

若い面々も一斉に頷《うなず》くのを見届けるや、男は思わぬことを言い出した。

「されば、まずは隣近所から灰を集めて参れ」

「はい？」

「竈《へっつい》の灰だ。おぬしたちも、日々の洗濯には灰汁《あく》を使《つこ》うておるだろうが」

「そんなもん、一体何に使うんですかい」

「むろん手を洗うためだ。そのまま手術に立ち会われては、こやつの傷が膿《う》んでしまうからな」

「ひでぇな。まるで俺らが汚いみてぇじゃないですか」

「みんなして、湯に浸かってきたばかりなんですぜぇ」

「やかましい。医者の申すことに逆らうな」

口々に文句を言いかけたのを、男はひと睨みで黙らせる。

続いて口にした一言も、貫禄十分であった。

「こやつの命が大事なのであろう？　万事言われたとおりにいたさねば、助かるものも助からぬぞ。四の五の申さず早うせい」

「す、すみやせん」

中年の職人が頭を下げる。

「詫びなど要らぬ。今はこやつを救うが先ぞ」

男は一同に改めて命じた。

「おぬしたち、まずは灰を用意いたせ。次の仕事は追って申し付くる」

「し、承知しやした！」

「す、すぐに戻って参りやす！」

男の迫力に圧倒され、だっと一同は表に飛び出す。

後に続いて、野次馬たちも動き始めた。

男とのやり取りに聞き耳を立て、事情を知ったが故のことだった。

「灰かぁ……売れば少しは銭になるんだけどなぁ」

「何を料簡《りょうけん》の狭いこと言ってんだい。人助けのためなら仕方ないだろうが？」

「おーい兄さん！　灰ならうちの竈のも持ってお行き!!」

職人たちを追って駆け出していくのを尻目に、男は着ていた長羽織を脱ぐ。

「む……」

早見は思わず注視した。

見た目は軽そうな絹の羽織だが、意外に分厚い。

このところ冷え込みが厳しいので裏地を付けているのは当然としても、明らかに厚すぎる。

しかも裏地のあちこちに、隠しが幾つも付いていた。

神谷の得物である棒手裏剣が、ぴたりと納まりそうな大きさであった。

（この野郎、飛剣遣いか……）

忽然《こつぜん》と現れたことといい、医者なのは間違いないにしても些か怪しい。

（まさか、先生を張ってたんじゃあるめぇな）

そう考えれば、辻褄《つじつま》が合う。

彩香が影の御用を果たす軍団の一員で、依田とも深い繋がりがあると承知の上で見張っていたのだとすれば一大事。偶然を装って難しい急病人を助け、診療所に入り込んで様子を探ることが、真の狙いなのではあるまいか――。

意を決し、早見は男に問いかけた。

「お前さん、名前《なめえ》は？　どこから来たんだい？」

「誰でもよかろう。ただの通りすがりの医者だ」

「その通りすがりってのが嘘っぱちじゃねぇのかって言ってんだよ！　グダグダ言わずにとっとと名乗りやがれい!!」

凄みを効かせ、早見は重ねて問いかける。

しかし、男は一向に動じない。

それどころか、思わぬことを言い出した。

「ふん、江戸の町方役人が口汚いというのはまことだったか。それにしても早見とやら、与力ならば今少し折り目正しゅう振る舞うべきではないかな?」

「えっ……」

「人の上に立つ身にとっては、下々に範を示すも役目のひとつのはずだ。市井《しせい》に馴染むも結構だが、伝法《でんぽう》な言動に及ぶのは廻方同心に任せておくがよかろうぞ」

「て、てめぇ、どうして俺の名前を知ってやがる⁉」

「両国広小路の盛り場で会《お》うたからな。おぬしは気付いておらなんだらしいが」

動揺を隠せぬ早見を見返し、男は何食わぬ顔で告げた。

「あの折は御用風を吹かせて、子どもの分の木戸銭を払わなんだであろう? 相手に後ろ暗いところがあるとは申せど、感心せぬな」

「な、何のこったい」

「とぼけるでない。子どもに知られぬようにいたさば、すべて許されるわけでもあるまいに」

「あ、あれは倅のためにやったことだい。どうしても唐人一座を見物したいって泣いてせがまれたんだよっ」

「ならば余計に感心せぬな。息子が大きゅうなりて後を継ぎ、おぬしと同じ真似をいたさば何とするのか？」

「くっ……」

早見は口を閉ざさざるを得なかった。

この男、油断ができない。しかも、とことん気に食わない。

しかし、いつまでも争ってはいられなかった。

「うう……」

診療台の上に横たわった留吉が、弱々しく呻いた。

「話は後だ。おぬしにも手伝《てつど》うてもらうぞ」

早見に背を向け、男は脱いだ羽織を畳む。

完全に意識が戻らぬうちに、手術を済ませるつもりなのだ。

日の本では、麻酔薬が普及するには至っていない。

異国との付き合いが緩やかだった戦国の昔はオピウム、あるいは阿芙蓉《あふよう》と呼ばれたアヘンが鎮痛剤として使用されていたものの、今は日の本はもとより西洋においても、手術といえば患者を暴れぬように押さえつけるのが当たり前。せめて気を失っている間に執刀し、痛みを最小限にとどめてやるしかなかった。

「さて、次はと……」

彩香のことは一顧だにせず、黙り込んだ早見に向かって呼びかける。

「不浄役人、おぬしはそこの火鉢で湯を沸かせ」

「あ、ああ」

「鉄瓶ではなく鍋を使《つこ》うてくれ。おなごの独り所帯なれば、小鍋立て用のものがあるだろう。もちろんよく洗《あろ》うてから、水を張るのだぞ」

「し、承知」

訳が分からぬまま、早見は炭火を熾《おこ》しに取りかかった。

この男、妙に押しが強い。

それも無頼の徒の如くに、力で威圧するわけではない。

声を荒らげることをせず、暴力も振るわずに、人々を従わせる雰囲気が自ずと備わっている——そんな不思議な男であった。

湯が沸くのを待つ間に、灰を集めた笊《ざる》を抱えて職人たちが戻ってきた。

「お待たせしやした、先生！」

「よし、されば桶に注いで水で溶け。肘《ひじ》まで洗い上げるのだぞ」

指示を与えつつ、男は持参の巾着袋の口を開いた。

一番底から出てきたのは風呂敷にくるまれた、白い衣《ころも》と頭巾。

いずれも彩香が見たことのない、西洋の服に似た仕立てだった。

男はその白衣に袖を通し、髪をまとめて頭巾で包む。両の目が隠れるほど長く垂らしていた前髪まで一本残らず、はみ出さぬように包み込んだ。

「さて、次はメスだな」

「雌ですって？　重ね重ね失礼な……」

ひとりごちた男に、すかさず彩香は食ってかかる。

しかし、相変わらず相手にされないのが悔しくももどかしい。

構うことなく男が取り出したのは、手術用の小刀《こがたな》を束ねた包み。

早見が沸かした鉄鍋の湯に投じていく手付きも、慣れたものであった。

「手術に用いる小刀を、蘭語《ランご》ではメスと言うのだ。おぬしなど呼んではおらぬ」

「し、失礼をいたしました」

口惜しげに詫びる彩香は、鍼を握ったままだった。

盲腸の痛みに苦しむ留吉を仲間の職人たちに押さえさせ、ツボに鍼を打とうとしていたのである。

漢方においては腹膜炎にまで効き目が有ると立証された治療法だが、すべての患者に通用するとは言い切れない。男は的確な触診と問診によって留吉の症状を確認した上で、開腹手術を行うより他にないと即座に断じたのだ。

仲間の職人たちのためにも、余計な口を挟んではなるまい。

留吉の回復を願う気持ちは、彩香も同じ。

この浜町河岸に診療所を構えた当初に熱烈に言い寄り、袖にされてから意地を張って、体調を崩しても診察を受けずにいた切ない男心を想えば、無下《むげ》にもできまい――。

と、ぐいっと腕が引っ張られる。

留吉が意識を取り戻したのではなかった。

「きゃっ」

とっさに上げた悲鳴は、紛《まご》うことなき恥じらいの響きを帯びていた。

十徳《じっとく》の袖から突き出た腕を直に触られたとはいえ、日頃ならば有り得ぬことである。

火加減を見ていた早見も驚き、思わず視線を向けずにはいられない。

「先生……」

あの彩香を動じさせるとは、この男は何者なのか。

職人たちも野次馬も居合わせなかったのは、せめてもの幸いだった。

「お、お止めくださいまし」

がっちり握られたのを振り払おうと、彩香は抗《あらが》う。

対する男は、終始落ち着き払ったままだった。

彩香を見据えて告げたのも、思わぬ一言。

「おぬしにも、やはり手伝うてもらおうか」

「わ、私も？」

「漢方と蘭学の違いこそあれど、医者であるのに変わりはあるまい。それにあの不浄役人は刀の扱いには長じておるらしいが、私の介添えまで任せるのは心配である故な」

「何を好き勝手に吐かしてやがるんでぇ、この野郎！」

聞き咎めた早見が、火鉢の前で怒声を張り上げる。

されど、男は何食わぬ顔。

「耳を澄ませる暇があれば手を使え。口だけならば牛でも動くぞ」

「うるせぇな、今やってるよ」

早見は毒づきながらも逆らわず、先に煮沸《しゃふつ》を済ませておいた鉗子《かんし》で小刀を一本ずつ引き上げていく。

小刀は柄《え》まで鋼《はがね》で作られ、雑菌の繁殖を防ぐ配慮として一切の装飾が施されていない上、熱湯で消毒を繰り返していると傷みやすくなるはずなのに、どこにも錆《さ》びなど見当たらなかった。吟味して道具を選び、日頃から手入れを欠かさずにいなければ、こうは保てぬことだろう。

戻った職人たちも手洗いを終えた頃には、手術の支度が調っていた。

全員が肘まで丹念に洗った上で、焼酎による消毒も済ませてある。手ぬぐいで口元を覆い、唾を飛ばすのを防いでいるのも、すべて男からの指示であった。

「長くはかからぬ。皆、頼むぞ」

一同に向かって言葉少なに告げると、男は小刀を執《と》った。

ぷつっ……しゃっ、しゃっ、しゃっ……。

留吉の下腹部が、見る間に切り開かれていく。

太い手足を押さえ付けた職人仲間たちは、みんな早くも汗まみれ。

頭を固定しておく役目を任された早見も両の目を見開き、懸命になっている。

しかし生々しい切開部からは、誰もが目を逸らしていた。

じっと視線を注いでいるのは執刀する男自身と、助手の彩香のみ。

父娘の二代に亘る漢方医ではあるものの、亡き父は蘭方医とも親しくしていたため、手術をする光景を目の当たりにしたのは初めてのことではない。

されど、これほどまでに速い小刀さばきは、かつて見た覚えがなかった。

第三章　敵を暴く

一

かくして謎の男が神速《しんそく》のメスを振るい始めた頃、依田和泉守政次は数寄屋橋《すきやばし》の北町奉行所に戻ったところであった。

表玄関の式台に乗物が横付けされ、腰網代《こしあじろ》の引戸が開かれる。

今日の依田は常より戻りが少々遅く、いつになく疲れてもいる様子であった。

「む……」

乗物から降りたとたん、足がよろける。

多忙な日々の中でも鍛錬を欠かさずにいる依田には、有り得ぬことだ。

「殿！」

「しっかりなされませ!!」

慌てて左右から駆け寄った二人は、お付きの内《うち》与力。町奉行所の役人ではなく一旗本としての依田に仕えている、忠義の家臣たちだ。

「何ほどのこともない。ちと立ちくらみがしただけぞ」

肩を支える手をすっと外し、依田は襟元を正して歩き出す。

表玄関から廊下を渡って向かった先は、奥の一角に設けられた座敷。執務の場を兼ねた、依田の私室である。

「雑作《ぞうさ》をかけたの。おぬしたちは下がっておれ」

「されど殿、本日はお休みになられたほうがよろしいのではございませぬか」

「どうかご無理をなされますな。このところ、お顔の色も優《すぐ》れませぬ故……」

「大事ない。常のとおり執務いたす故、皆にも左様に申し伝えよ」

そう言って内与力たちを退出させると、依田は装いを改めた。

まずは皺《しわ》になりやすい裃《かみしも》の肩衣《かたぎぬ》を外し、手のひらで伸ばして衣桁《いこう》に掛ける。

熨斗目《のしめ》の着物と長袴《ながばかま》も同様にして片付け、私服である着流しをまとって角帯を締めると、袖なし羽織を重ねて着ける。

一服することもなく文机《ふづくえ》の前に座り、背筋を伸ばす。

机の上には、決済待ちの書類が山になっていた。

南北の町奉行は毎朝四つ（午前十時）に登城し、江戸城中の本丸御殿に詰めて老中からの諮問《しもん》を受けるなどの御用をこなす。ようやく奉行所に戻り、江戸市中の司法と行政に関する政務に手を付けることができるのは、昼八つ（午後二時）を過ぎて下城してからのことなので、毎日が慌ただしい。

とはいえ、依田はそんなことで疲労困憊《こんぱい》していたのとは違う。

去る四月に北町奉行となってから、すでに半年。

以前には目付として組織の監察と内偵の指揮を執《と》っており、作事奉行として自身が組織を束ねる上での苦労も経験していたため、始めこそ勝手の違いに少々戸惑ったものの、今や日々の御用には慣れて久しい。結果として奉行所内の醜聞が広まることになりはしたものの、現場を牛耳《ぎゅうじ》っていた悪徳与力の末吉《すえよし》一派を早見らと共に成敗し、腐敗の根を断ち切れたのも幸いだった。

若い頃には難儀《なんぎ》をしたお歴々とのやり取りも、五十を過ぎれば慣れたものだ。

現場の苦労を知らぬ老中たちから御城中で質問攻めにされ、抱える案件の解決を急《せ》かされても、いちいち気に病みはしない。

南町奉行の山田《やまだ》肥後守利延《ひごのかみとしのぶ》が重い病の床に就き、出仕するどころか起き上がるのもままならぬため、連日独りで登城せざるを得ないのも、やむなきことと割り切っていた。

そつなき依田の気分が晴れぬのは、御側御用取次《おそばごようとりつぎ》の田沼主殿頭意次《たぬまとのものかみおきつぐ》が原因。

決済待ちの書類に目を通しながらも、胸の内でつぶやかずにはいられない。

（小生意気な若造め、今に見ておれよ……）

それはうんざりせずにはいられない、苦い一幕であった。

二

その日の昼時、依田は中食《ちゆうじき》もそこそこに招かれざる客の訪問を受けていた。

江戸城の本丸御殿内で表と呼ばれる、諸役人の詰所が連なる一隅に設けられた町奉行の御用部屋には、依田と田沼の二人のみ。

田沼はいきなり乗り込んでくるなり、居合わせた茶坊主たちを依田に断ることなく追い出したのである。同僚の山田はかねてより病欠中だったとはいえ、無体に過ぎる振る舞いだった。

無作法な真似はそれだけにとどまらなかった。

「辻斬りどもを捕らえる見通しはまだ立たぬのですか、和泉守どの？」

「配下一同に手を尽くさせておる故、しばし待たれよ」

切り口上で問われながらも激することなく、依田は答える。役宅から持参した弁当は、慌ただしくも飯粒ひとつ残さずに食べ終えていた。

「またそれですか……いい加減になされ」

聞こえよがしに溜め息を吐《つ》く田沼意次は、依田より十六歳も下の三十五歳。

兄弟どころか親子ほど歳の違う相手に対し、常にも増して無礼だった。

それでいて礼を失している自覚がないから、尚のこと始末が悪い。

田沼は続けて問いかけた。

「今少し御役目に身を入れていただかなくては困りますな、和泉守どの」

「もとより、日々尽力しておるつもりにござる」

「ならば結果を出してくだされ。このまま埒《らち》が明かねば、口うるさいご老中への言い訳に難儀をするではござらぬか。少しはこちらの身にもなってくだされ」

「……………」

依田は呆《あき》れて物も言えなかった。

毎日急《せ》かされ、責められてばかりいるのは依田である。

逆に田沼は依田の知る限り、いつも耳障《みみざわ》りのいいことしか言われていない。

将軍と幕閣のお歴々との間に入り、意向の伝達と調整ばかりか代弁者としての役目まで担《にな》っている御側御用取次は、幕政の現場の頂点に立つ大老や老中首座といえども、気遣わなくてはならぬ相手。たとえ年下であっても軽んじるわけにはいかず、内心では毛嫌いしながらも、みんな丁重《ていちょう》に接している。

そんな成り上がり者の若造にも、少しは空気が読めるらしい。

「お気を悪くなされましたかな、和泉守どの」

黙り込んだ依田を宥《なだ》めるかの如く、田沼は笑顔で告げてきた。

己の目鼻立ちが整っているのを承知の上で浮かべた、あからさまな作り笑いが腹立たしい。

「ま、ま、どうか躬共《みども》の話を聞いてくだされ」

憮然《ぶぜん》としたままでいるのに構うことなく、田沼は猫なで声で語りかける。

「神出鬼没の賊を御用になさるが至難なのは承知の上にござるが、物は考えようでございましょう。凶悪極まる辻斬りどもを首尾よう召し捕らえれば北町奉行の評判はうなぎのぼり。上様の覚えも目出度《めでた》くなられ、更《さら》なるご出世につながるは必定《ひつじょう》にございますぞ」

こういう甘い言葉と笑顔で人をたらし込むのが、得意なのだ。

二枚目で弁舌もさわやかな田沼は、奥女中からの支持が厚いという。

御側御用取次は将軍の御座所が在る中奥を取り仕切る一方で、大奥の監督役でもある御年寄の相談役を兼ねているため、田沼は玄関口の御広座敷《おひろざしき》どまりとはいえ男子禁制の女の園に立ち入る折が多い。

そのたびに評判の美男子を一目見たいと押しかけ、御年寄と話すところを覗《のぞ》き見る者が後を絶たぬと御広座敷詰めの知人がうんざりした顔で愚痴《ぐち》るのを、依田は常々聞かされていた。

そんな折に振りまいているであろう作り笑いも男たちには通用せず、老中から門番に至るまで、御城で働くすべての役人から嫌われているというのに、当人はまったく自覚がないらしい。

勘違いをするのも無理はなかった。

田沼に敵意を剝《む》き出しにする者など、江戸城中には誰もいない。

すでに骨抜きにされてしまっているらしい大奥の女たちはもとより、幕閣のお歴々も若く生意気な御側御用取次に異を唱えず、言うことに従っている。

見た目《とえ》だけしか取り柄がなければ、疾《と》うに失脚させられていただろう。

だが、田沼は頭も切れる。

諸事に博識であり、もとより物怖《ものお》じもしない質《たち》なので、老獪《ろうかい》な老中たちと幕政を巡って渡り合っても、後れを取ることはなかった。

この才能を無駄にするのは、公儀全体にとっての損失。

たとえ腹立たしくとも、存分に働かせてやったほうがいい。

左様に認めざるを得ないが故に、誰一人として逆らわぬのである。

遺憾ながら、依田も同様であった。

「よろしいですかな、和泉守どの？」

黙ったままの依田を笑顔で見返し、田沼は言った。

「老婆心ながら申し上げますが、こたびに限らず、影の御用とやらに身を入れるのは今少しお控えなさったほうがよろしゅうござるぞ。畏《おそ》れながら、あれは上様のお戯《たわむ》れのようなもの。命懸けで御意《ぎょい》に従《したご》うたところで、貴公のご出世には何の役にも立ちませぬ故な」

「……まことにそのようにお考えなのか、主殿頭どの」

「畏れながら、と前置きをしたでありましょう。一応は御意なれば逆らうわけに参りませぬが、もとより無益な所業としか思うてはおりませぬよ。はははははは」

「左様にござるか……今の言葉は、聞かなかったことにするといたそう」

静かに答える依田の胸の内は、この若造を張り倒したい気持ちで一杯だった。

かねてより田沼は家重公と依田の間に入り、他の幕臣たちは誰も知らない影の御用を伝える役目を担っている。

依田ともども家重公から信頼されていればこそのことだったが、当の田沼は仮にも征夷大将軍が表立っては裁けない、あるいは表沙汰にはしかねる悪事とその当事者への制裁を密かに命じているのを、快《こころよ》くは思っていないらしい。

事が発覚したところで家重公が咎《とが》められることは有り得ぬものの、自分は依田と共に責を取らされ、切腹させられるのは必定だからだ。

たとえ家重公が二人を庇《かば》っても幕閣のお歴々は受け付けず、田沼と依田が勝手に悪党退治をしていたと決めつけて詰め腹を切らせ、将軍家に傷が付かぬように取り計らうのは目に見えていた。

そんなことで出世を棒に振り、命まで失うなど真《ま》っ平《ぴら》御免。

故にできるだけ影の御用が実行されぬように、依田を牽制《けんせい》しているのだ。

周到な田沼は、家重公を牽制するのも忘れてはいなかった。

「こたびの一件については影の御用をお命じになられるは得策に非《あら》ず、あくまで表沙汰として始末を付けなさるがご肝要《かんよう》と申し上げ、すでに得心していただいておりまする。和泉守どのにおかれましても何とぞ心置きのう、町奉行のお役目を全うしてくだされ」

「……主殿頭どのにお尋ねいたす」

「何でござるか、和泉守どの」

「上様には間違いのう、それがしに町奉行として始末を付けよと仰《おお》せになられたのだな？」

「ははは、念を押されるまでもござらぬよ」

「されば、まことなのだな」

「左様にござる」

「ならば良い。承知つかまつったとお伝え願おう」

答える依田は無表情。

田沼から何を言われても、信じられるものではない。

可能ならば家重公に目通りを願い出て、今すぐにでも本音を確かめたいところだったが、残念ながらそうもいかない。

将軍の御座所が在るのは表から続く、曲がりくねった廊下を渡った先の中奥《なかおく》。

しかも将軍との面会は、必ず御側御用取次を通すのが決まりだった。

老中といえども勝手に押しかけることなど許されぬのに、町奉行が無礼を働くわけにもいくまい。故に家重公は影の御用を命じるたびに田沼を遣わし、表から中奥まで先導させて依田と対面してくれるのだが、その田沼に影の御用の実行を阻止されてしまっては、万事休すであった。

たとえ田沼を出し抜いて、勝手知ったる中奥に首尾よく忍び込んでも、肝心のやり取りがままならない。

(遺憾だのう。多少なりとも上様のお言葉を解し奉《たてまつ》ることができれば、こやつの好き勝手になどさせてはおかぬものを……)

家重公は、当年取って四十三歳。二年前の寛延《かんえん》四年(一七五一)に亡くなった有徳院《ゆうとくいん》こと、八代将軍だった徳川吉宗公の嫡男《ちゃくなん》である。

在りし日の吉宗公が若くして名将軍と讃《たた》えられたのに対し、少年の頃から話す言葉が不明瞭だった家重公は暗愚《あんぐ》と見なされ、延享《えんきょう》二年(一七四五)には将軍職を継いでいたにも拘《かか》わらず、隠居後も父が大御所として目を光らせ続けたために幕政に関与することはなかった。

されど二年前からは、名実共に九代将軍。

そんな家重公を支えてきたのが、田沼ら御側御用取次なのだ。

そもそも御側御用取次は、吉宗公が八代将軍の座に着くと同時に設けた役職。御三家の紀州徳川家から初の将軍となったため、旧来の勢力である幕閣と大奥から快く思われていないのを見越して、先手を打ったのである。

新参の将軍をやり込めて、意のままにしてやろうと手ぐすねを引いていた老中と大奥の御年寄も、この思い切った人事の前には為す術《すべ》がなかった。

御側御用取次は、ただの側近ではない。将軍の代理人として憚《はばか》ることなく意見を述べ、上申するには及ばぬと判じれば独断で却下することまで許されている。

家重公の場合には、さらに重要な役目を担っていた。

田沼が御側御用取次に抜擢《ばってき》されたのは家重公の通訳という、他には古参の同役である大岡出雲守忠光《おおおかいずものかみただみつ》にしか任せられない、至難の御用を果たせるが故のこと。

耳がいいだけでなく、人並み優れて勘が働くが故に可能なことだった。

この抜擢を足がかりにして更なる出世を遂げたいのに、どうして大岡ではなく自分ばかりが危険な役目に加担させられるのかと不満を抱く一方で、依田が影の御用を無事に果たすたびに御下賜金《ごかしきん》という名目で、余裕の乏しい幕府の公金から報酬を工面させられるのを嫌がっていた。

自ら矢面《やおもて》に立ち、命懸けで悪党どもと対決する依田から見れば、そんな苦労など些細《ささい》な話。

しかし田沼にしてみれば将軍の気まぐれでしかなく、毎度付き合わされるのが苦痛でならないらしかった。

それにしても、どうやって家重公を説得したのか。

答えは田沼の口から明かされた。

「和泉守どの、躬共が何故《なにゆえ》に左様に取り計らったのかご存じですかな?」

「はて、何故かの」

「ははは、お分かりになられませぬのか」

小馬鹿にしたように勿体《もったい》をつけた上で、田沼は言った。

「目こぼし料を滞《とどこお》らせぬためでござるよ」

「目こぼし料とな」

「和泉守どのも鈍いですなぁ。ほれ、吉原遊廓《ゆうかく》に公許を与える見返りとして毎年納めさせておる、冥加金《みょうがきん》のことにござる」

「…………」

田沼の言わんとする意味が、ようやく腑《ふ》に落ちた。

江戸開府に伴って開設された吉原は市中で唯一、遊女を抱えて商いをするのを公《おおやけ》に許されている。寺社の門前町に多い岡場所が取り締まりの対象とされ、品《しな》川《がわ》に板橋《いたばし》と千住《せんじゅ》、そして享保《きょうほう》三年（一七一八）に閉鎖されたままの内藤新宿《ないとうしんじゅく》を含めた江戸四宿《ししゅく》の旅籠《はたご》では規制を免れるため遊女を飯盛女《めしもりおんな》と称さざるを得ず、抱える女の数や華美な装い等が制限されていたのに対し、吉原だけは京の島原《しまばら》や長崎の丸山と並んで、幕府から手厚い庇護《ひご》を受けていた。

その見返りとして吉原の遊廓のあるじたちが出し合い、上納していたのが年に一万両を超える冥加金。

日に千両の金が落ちると言われていても、楽に集まる額ではない。

まして辻斬り騒ぎで市中の治安が乱れ、夜道の行き帰りを恐れて遊廓を訪れる客が減ってしまえば、いずれ深刻な影響が出るのは目に見えていた。

「事はそれだけではござらぬぞ、和泉守どの」

笑みを絶やすことなく、田沼は付け加えた。

「公儀に金を納めてくれるのは、吉原の楼主《ろうしゅ》どもだけには非ず。江戸市中に自前の店を構えし本町人、とりわけ大店《おおだな》のあるじたちはまことに大事にござる」

「それはもとより承知だが、何の関わりがあると申すのか」

「ははは、和泉守どのはお噂以上に堅いのですな」

「……まるで訳が分からぬ故、問うておるのだが」

「それは失礼つかまつった。このとおり、許されよ」

ほんの形ばかり頭を下げると、田沼は微笑《ほほえ》み交じりに答えた。

「有《あ》り体《てい》に申せば、ご機嫌取りにござるよ」

「ご機嫌取りとな」

「左様、左様」

何ら恥じることなく、田沼は言い切った。

「大店を営《いとな》む身にとって、吉原通いは欠かせぬことにござる。むろん色を好んでのことばかりでなく、商いの上での接待やあるじ同士の見栄の張り合い、それは名妓《めいぎ》と呼ばれしおなごに入れ揚げ、大枚の金子《きんす》をはたいて身請けをいたす物好きも少なからず居《お》りますれば、吉原にとっては大事なお客、ひいては御公儀の御為《おんため》にも冥加金の出処《でどころ》として、存分に遊ばせてやらねばなりますまい。それに御公儀の御用達ともなればそれぞれに冥加金を納めておりますし、少なからぬ額の借りもございます故な。裏店住まいの貧乏人如きが辻斬りに幾人やられようと構いはせぬし、昨夜に吉原田圃《たんぼ》で落命したのは士分なれど外様《とざま》の小大名に仕えし陪臣《ばいしん》と聞き及んでおりますれば、どうということもござるまい……したが、大店のあるじたちに空《むな》しゅうなられてしもうては、躬共も困るのです。何か落ち度があってのことならば家財を没収して実入りとし、御公儀と取り交わせし借用証文も反故《ほご》にできて万事が好都合にござるが、町方の手抜かりで命を落とす羽目になったとあれば一大事。何としてでも避けねばなりますまい……。和泉守どのには、是非とも左様に心得ていただきたいのです。よろしいですかな」

「……主殿頭どの」

「何ですかな、和泉守どの」

「ひとつだけ、腑に落ちぬことがあるのだが」

「はて、何事でござろうか」

「要は辻斬りどもを討ち果たし、市中の治安を取り戻せばよろしいのであろう」

「むろん、左様にござるが」

「ならば影の御用を仰せつかり、常の如くに裏で裁いたところで何ら差し支えはございますまい。違うのか」

「ははは、まったくもって大違いにござる」

真剣な問いかけを、田沼は一笑に付した。

「裏で裁くということは敵の走狗《そうく》どもを斬り捨て、首魁《しゅかい》を生け捕りにして晒《さら》し者にいたすのでござろう？　それでは御公儀ではなく、命知らずの物好きが世直し気取りでやったこととしか思われますまい。むろん町人どもは喜び、吉原の楼主どもも大店のあるじたちも赤飯など炊いて祝うでござろうが、まさか日頃の献金に報いて上様が密《ひそ》かに為されたとは夢にも思わず、従って恩を売ることにもなりませぬ。そんな無駄骨折りのために、御公金を割くことはできかねますな」

「……言い過ぎではないのか、おぬし」

「ははは、左様に恐いお顔をなされますな。これは躬共の独断に非ず、すべては上様の御為にござるよ」

「偽りを申すでない。まさか上様が御自《おんみずか》ら、先程からの戯《ざ》れ言《ごと》を仰せになられるはずがあるまい。辻斬りどもが横行し、無辜《むこ》の民が日々犠牲となっておるのに御心を痛めておられるに相違なかろう。作り話をするのも大概にいたさぬか」

「はははは、大した自信にございますな」

鋭く睨《にら》みつけられても、田沼は動じなかった。

依田の視線を受け止めたまま、絶やすことなく笑みを浮かべている。

何ら武芸の心得を持たぬくせに妙に腹が据わっているのも、この賢《さか》しらげな男の底知れぬ自信の表れと言えよう。

「ま、ま、落ち着いてくだされ」

宥《なだ》めるように告げつつ、田沼は帯前から抜いた扇子《せんす》をサッと拡げた。

さりげなく中骨の間からこちらを覗き見たのは、平安の昔に都の人々が処刑の現場など禍々《まがまが》しい光景を目の当たりにしたときに、魔除《まよ》けとしてとっさに行ったのと同じ振る舞い。禍々しい相手との間に、結界《けっかい》を張る意味もあるという。

当時の絵巻物を少し注意して見ていれば分かることなのに、依田のことを武芸しか取り柄がないと思い込んで、小馬鹿にしているのだ。

重ね重ね腹立たしいが、いちいち睨みつけるのも馬鹿馬鹿しい。

依田は静かに息を整えた。

「されば改めて話を聞かせてもらおうか。こたびこそ包み隠さずに……な」

「承知いたした。お疑いの由《よし》にござれば、有り体に申し上げましょう」

拡げた扇子を畳むことなく、田沼は何食わぬ顔で言ってのけた。

「実は上様は憎き辻斬りどもを滅するためなら手段を選ばず、和泉守どのが表の御用で処しきれぬのならば影にて裁き、悪党を炙《あぶ》り出す費《つい》えが嵩《かさ》むとあれば、公金を幾ら割いても構わぬとまで、かねてよりの仰せにござった」

「まことか？」

「ま、ま、話は最後までお聞きなされ」

扇子越しにこちらを見返し、にやりと田沼は笑ってみせた。

「されど今は料簡《りょうけん》をしていただき、和泉守どのに影の御用を軽はずみにお命じになられることとも思いとどまっておられる。よって、幾《いく》らご下命《かめい》を待たれたところで無駄にござるぞ」

「……………」

「まだお分かりになられぬのですか。かくなる上は表の御用、すなわち北町奉行として事を成していただくより他にないのですぞ」

「……その儀は、まことに上様もご承知なのだな」

「ふっ、和泉守どのも疑《うたぐ》り深いですな。たしかに最初は渋っておられたが、躬共が辛抱強く申し上げた甲斐《かい》あって、物の道理にお気付きになられましたぞ」

「うぬ、上様を恫喝《どうかつ》でもしおったのか」

「ははは、人聞きの悪いことを申されますな」

思わず声を荒らげても、田沼は平気《へいざ》の平左。扇子で結界を張っていれば恐るるに足らずとでも言いたげな素振りである。

「躬共はただただ辛抱強う申し上げ、道理というものをお教えつかまつっただけにござる。先程は武士が町人の機嫌を取るなどと出し抜けに申したが故、ご立腹なされたのでござろうが、今や万事が金の世の中なのは自明の理《ことわり》。吉原や大店と持ちつ持たれつ、上手くやっていくのが賢明というもの……こたびの辻斬り騒ぎは金を持つ者どもに恩を売り、和泉守どのが威厳を示されるにはまたとなき好機と存ずるが、いかがですかな」

「……うむ」

怒り心頭に発していても、否定することまではできなかった。

田沼が滔々《とうとう》と述べた口上は、不本意ながらもよく分かる。

徳川の天下では武士は直参《じきさん》も陪臣も、主君の治める領地の農民からの年貢米を唯一の収入源として暮らしている。戦国の乱世の如く大名同士が勝手に争うのは禁じられているため、領地を分捕《ぶんど》って石高《こくだか》を増やすことなど不可能だ。

それが下克上《げこくじょう》と乱暴狼藉《ろうぜき》、落ち武者狩りに明け暮れた乱世を終わらせるために諸大名を従え、武家の棟梁《とうりょう》の威厳と秩序を以《もっ》て、この島国の限られた地を治めることを望んだ東照大権現《とうしょうだいごんげん》こと徳川家康《いえやす》公の遺志と思えば刀取る身、しかも将軍家の直参である依田と田沼に批判はしがたい。

しかし、江戸開府から百五十年目の日の本には、ひずみが生じつつある。

表高《おもてだか》と呼ばれる石高は一定のままであり、肝心の穫《と》れ高が日照りや大雨などによって激減することはあっても、増やすことは難しい。稲の品種や農具の改良が進んでいるとはいえ、すぐに増収が期待できるものではなかった。

それでいて、物価だけは景気によって激変するから手に負えない。

その点、商人は才覚次第で幾らでも稼ぐことができるし、米が不作なのを逆手に取って、大儲《おおもう》けをする輩《やから》も数多い。

豪商ともなれば公儀に冥加金を納めるだけでなく多額の融資を行い、見返りに商いの規制を緩和してもらうなど、さまざまな便宜を図《はか》らせつつあるのは依田も町奉行として、日頃から承知の上だ。

遺憾な限りだが、田沼の言い分は正しい。

身分の上では未《いま》だ武士が頂点に立っているものの、実際に世の中を動かすのは金儲けの才に秀でた商人たち。それが否定できない現実だ。

きれいごとだけで世の中は成り立たず、為すべきこともせずに武士というだけで威張ってはなるまいと、少年の頃から心がけてきた依田は、そんな現実と冷静に向き合うことができていた。

とはいえ、田沼の物言いはいちいち癪《しゃく》に障る。

腹が立つばかりだったが、相手は若造でも御側御用取次。ひっぱたくどころか口答えをするのさえ、憚《はばか》られる相手であった。

「されば和泉守どの、しかるべくお取り計らい願いますぞ」

田沼は悠然と立ち上がった。

言いたいことは、すべて伝えたつもりらしい。

「御役目大儀にござった、主殿頭どの」

言葉少なに一礼し、依田は田沼を送り出した。

程なく、御用部屋付きの茶坊主たちがわらわらと戻ってきた。

「やれやれ、ようやっと嵐が去りましたな……」

「巷《ちまた》で噂の辻斬りよりも剣呑《けんのん》でございますなぁ。くわばら、くわばら」

「和泉守さま、ご機嫌直しに熱い茶でご一服なさいませぬか？」

「到来物の甘い羊羹《ようかん》もございますれば、ひと切れ添えて進ぜましょう」

二人組の茶坊主は賑々《にぎにぎ》しく、茶菓の支度を整え始めた。

「いつも手数をかけるの、おぬしたち」

「いえいえ、何ほどのこともございませぬ」

「皆さまがたのご苦労に比べれば、私どもなど楽なもので……ご用向きがあれば何なりと仰せになられませ」

語りかける言葉は、うやうやしくも親身そのもの。

頭を丸めていても、同じ士分であればこその気遣いだった。

「かたじけない。されば、常より濃い目にしてもらおうかの」

何事もなかったかのように笑みを返し、依田は茶坊主たちの労をねぎらう。

それでいて、些《いささ》かも油断をしてはいなかった。

田沼と話しながらもさりげなく、廊下にまで気を張り巡らせていたので、影の御用の話を含めたやり取りを、盗み聞かれた様子はない。

二人とも田沼のことを嫌悪しながらも目を付けられるのを恐れ、人払いを命じられて早々に、大廊下を渡って反対側の茶坊主部屋まで退散したのだろう。依田が思っていた以上の嫌われぶりであった。

重ね重ね、愚かなものである。

どれほど才に長《た》けていても、心から人の支持を得られぬ者はいつか滅びる。

それこそ自明の理であるはずなのに、どうして謙虚に振る舞えぬのか。

(あやつめ、独りで功《こう》成り名遂《と》げたつもりか)

運ばれた茶を喫し、気前よく厚めに切られた羊羹を頬張りながら、依田は過去に思いを馳《は》せていた。

（田沼殿……ご子息は才気煥発《かんぱつ》なれど、人として情に欠けすぎておりますぞ……本人のためにも、少々懲りたほうがよろしいやもしれませぬな……）

胸の内で語りかけた「田沼殿」とは、小生意気な若造のことではない。

若き日の依田が小納戸《こなんど》の職に就き、吉宗公の給仕役と身辺警護を仰せつかっていた頃の上役で、今は亡き田沼家の先代を思い出していたのだ。

田沼意次の破格の出世は、己の実力だけで成し遂げられたのとは違う。

少年の頃から優秀だったのは事実であるが、重く用いられるに至ったきっかけは亡き父が八代将軍の座に着いて早々の吉宗公の意に従い、小姓として表の役目に励む一方、命懸けで戦い続けた功績があればこそだった。

自分独りですべてを手に入れたつもりでいる若造は、亡き父がわが子の出世を一途《いちず》に願い、人知れず密命を果たすため刀を振るっていた事実を知らない。

依田が吉宗公の生前から影の御用を仰せつかっており、亡き後に家重公からも密命を奉じる立場となったのは承知の上でも、まさか前任者が自分の父親だったとは夢にも思わず、自信満々で御城中を闊歩《かっぽ》している。

愚かなことだと、依田は日々思わずにはいられない。

それでも、かつての先輩が一命を賭してまで出世をさせたかった息子と思えば無下《むげ》にはできぬし、腹立たしくても酷《ひど》い目になど遭《あ》わせたくない。依田が怒りを覚えても手を出せぬのは、そんな想いがあればこそだった。

とはいえ、影の御用の邪魔をされては困ってしまう。

町奉行としての権限だけで辻斬りを追うことは、すでに限界に達していた。

依田直々の命を受けて動く早見と神谷、小関はともかく他の与力や同心は探索に身が入っておらず、自分たちが狙われぬように夜の見廻りは手を抜いている。

先ほどの田沼の言い種《ぐさ》ではないが、庶民が幾人殺されようと知ったことではないといった態で、昨夜は初めて武士の犠牲者が出たものの陪臣なので自分たちに関わりないと胸を撫《な》で下ろし、現場に駆け付けた彩香に検屍《けんし》も碌《ろく》にさせず、進んで先方に亡骸《なきがら》を引き渡したというから呆れたものだ。

このままでは、辻斬りの横行は収まるまい。

並行して探索に動いている火付盗賊改がまとめて御用に、あるいは得意の斬り捨て御免にしてくれればまだいいが、彩香の所見によると敵は並々ならぬ遣い手揃いであるらしい。

幾人居るのかも未だ定かでないものの、苦戦は必至と見なすべきだろう。

（火盗改でも敵《かな》うかどうか、危ういのう……）

そう思えば一日も早く、影の御用を奉じて動き出したい。

田沼がこちらを説得するつもりであれこれ言を弄《ろう》したのが幸いし、家重公が手段を問わず辻斬り退治を速やかに、できれば影の御用として果たさせたいと望んでいることが、よく分かった。

それさえ分かれば、何ら迷うには及ぶまい。

家臣があるじの意に沿うのは武家の習い。

賢しらげな若造の思惑などは、どうでもいい。

長々した口説《くぜつ》を黙って聞いてはやったものの、従う必要などあるまい。

依田の無二の主君は家重公。

亡き吉宗公の遺訓にも、むろん逆らうつもりはなかった。

影の御用は将軍のお膝元たる、江都《こうと》の安寧《あんねい》を護るために吉宗公が始めたこと。

そして今、江戸市中を凶悪な辻斬りが、わが物顔に跋扈《ばっこ》している。

そんな悪党どもを退治するのを主君が望み、自分たちには悪と戦う力が有る。

こたびばかりは早見たちでも苦戦を強いられるであろうが、そのときは依田自身も常にも増して矢面《やおもて》に立ち、死力を尽くして戦うつもりだった。

居場所を見つけて討ち果たしたら仲間割れと見せかけて放置するか、あるいは亡骸をまとめて始末してしまえばいい。

誰がどうしたのであれ、辻斬りが退治されれば江戸市中には平和が戻る。

もうすぐ師走《しわす》というのに、市中の民を不安がらせたままで年を越させてしまうのは町奉行として恥ずべきことだ。

許せぬ外道を滅し、江戸に安寧を取り戻す。

それが暗殺奉行としての、今年の御用納めなのだ。

そう固く心に決めたことで、依田は安堵の念を覚えていた。

（さて、早《はよ》う済ませて数寄屋橋に戻るといたすか……）

気を取り直し、依田は再び机に向かった。

登城した折の町奉行の仕事は、老中から諮問を受けることだけとは違う。

御城中に詰めている諸役人と町方の御用に関する書類を取り交わすのも、日々の欠かせぬ仕事である。

これから上申する内容、とりわけ重い刑罰の執行に関する調書はまず奥右筆《おくゆうひつ》に提出して吟味を受け、老中から御側御用取次を経て、将軍に決済してもらうまで待たなくてはならないため、一日たりとも滞らせてはいられない。

迅速な手続きが必要とされるのは、司法上の文書だけとは限らなかった。

南北の町奉行所は後の世の警視庁と最高裁を兼ねると同時に、都庁および消防庁としての役目も月番交代で担っている。

目下は南町奉行が病の床で動けぬため、依田の責任は常にも増して重い。

冬に多発する火事の現場で消火の陣頭に立つばかりでなく、未然に災害を防ぐための市中の道路や運河の整備、橋の架け替えなどについても、担当する与力に本町人の代表である町年寄を交えた吟味の末に評決し、前例がない工事であれば老中にもお伺《うかが》いを立てなくてはならない。

かつては作事奉行として、小普請方と共に江戸城内外の将軍家に関わる建築と内装の一切を仕切っていたとはいえ、管轄外であった土木工事は依田も一から学ばされる点が多く、気が抜けなかった。

左様に繁多な御用をこなしながらも、奥右筆に渡す書類をまとめる筆の運びは快調そのもの。

好物の甘味を堪能《たんのう》させてもらったおかげで、気分も上々である。

しかし、そんな依田に思わぬ災厄が降りかかった。

「う、ううっ……」

「和泉守さま？」

呼びかけたのは、調書を受け取りに来ていた奥右筆の下役人《したやくにん》。

ちょうど顔を見せていた茶坊主たちも、何事かと駆け寄ってくる。

見れば、依田の顔は汗まみれ。

不覚にも筆を取り落とし、長袴の膝を墨で汚していた。

だが、今は拭くどころではなかった。

「和泉守さまが急病にござる！」

「薬籠《やくろう》！　誰ぞ薬籠を!!」

廊下に飛び出していく茶坊主たちをよそに、下役人は依田を横たわらせる。

「は……は……は……腹が……い……痛い……」

体をくの字に折り曲げて、依田は苦しげに息を吐く。

田沼が御用部屋に押しかけてきたせいで、中食の弁当を慌ただしく掻《か》き込んだのが災いしたのだ。

いつもの依田であれば、大事には至らなかったことだろう。

しかし田沼にあの手この手で責め立てられ、不快の念を募らせながらも怒りを抑えていたために、胃の腑の状態はすこぶる悪かった。

すぐに胃薬を飲んでおけばよかったものを、厚切りにしてもらった好物の羊羹を嬉々《きき》としてぱくつき、食べっぷりの良さに感心した茶坊主たちが運んでくれたお代わりを含めて三切れも平らげたばかりか、濃い目にと所望した茶をがぶ飲みしたのだから、腹痛に見舞われたのも無理はあるまい。

そんな出来事が昼時の城中であったため、八つ刻を過ぎて下城してからは大事を取らざるを得なかった。

「ううむ、向後《こうご》は甘味も腹八分目を心がけなくてはならぬのう……」

町奉行所の私室で脇息《きょうそく》に寄りかかった依田は、ひと仕事終えての小休止中。

衣桁に掛けた長袴の染みは、ほとんど目立たなくなっている。

墨の扱いに慣れた奥右筆の面々が、自分たちの御用部屋にひとまず持ち帰った上で手入れをしてくれたのだ。

その間に茶坊主たちが介抱役を買って出て、厠《かわや》から戻った依田を休ませた上に薬湯まで煎《せん》じてくれたおかげで、腹具合はすっかり持ち直していた。

酷い目に遭ったものだが、半分は自ら招いたことである。

田沼が腹立たしいのは相変わらずだが、必要以上に憎んではなるまい。

愛《いと》しの彩香が抱える事件との関わりが、疑われていようとも――。

三

依田の心境にそんな変化があった頃、浜町河岸の診療所では留吉の手術が無事に終わっていた。

「これでよし、と……」

傷口の縫合を済ませた男は、血まみれの白衣をスッと脱ぐ。

「皆、大儀であったな」

頭巾を外して告げる顔は、執刀中の鬼気迫る形相から一転して清々しい。張り詰めていた場の雰囲気も、自ずと和んだ。

「俺は少し休む故、奥を借りるぞ」

男は彩香に一言告げると返事も待たず、板の間に上がり込む。

ごろりと転がって目を閉じるや、早々に寝息を立て始める。

留吉は職人仲間たちが奥の病室まで運び、寝かせてきたので大事はない。

近所のおかみが差し入れてくれた焼酎で手に付いた血を洗い流し、徳利に口を付けながら語り合う態度は、等しくくつろいだものであった。

「いやー、大《てえ》したもんだったなぁ」

「ああいうのを神技って言うのだろうよ」

「ほんとだぜ。始めは見ちゃいられなくて目ぇつぶってたけどよ、あのめすって いうのかい？　小刀のさばきがあんまり見事なもんで釘付けにされちまったよ」

「俺もだい。まったく、凄《すげ》えお医者が居なさるもんだ」

「留吉兄いも命拾いしたこったし、めでてぇ限りだぜ」

男を起こさぬように声を潜めながらも、口々に誉めそやさずにはいられない。

そんな職人仲間たちの喜びをよそに、彩香は黙ったままでいる。

一方の早見も、複雑な面持ちであった。


男が寝息を立てていたのは、ほんの四半刻（約三十分）ばかりのことだった。

むくりと身を起こし、枕元の長羽織に袖を通す。

手術を終えてすぐ、畳んでおいたのは彩香である。

白衣と頭巾も焼酎で血を落とし、元の風呂敷に包んであった。

「手数をかけたようだな。相すまぬ」

「い、いえ……」

素直に礼を告げられ、彩香は一瞬言葉に詰まる。

それでも顔だけは毅然《きぜん》と上げて、傍目《はため》には常と変わらぬように振る舞うことを忘れずにいた。

男は板の間から土間に降り、きちんと並べて置かれた黒い草履をつっかける。

「後はおぬしに任せる。糸が抜けるまで、面倒を見てやることだな」

「……承知しました」

背中越しの一言に、彩香は素直に頷いた。

そんな態度を気に留めることもなく、男は職人仲間たちに視線を向けた。

「あのー先生、お礼のことなんでござんすが」

一同を代表し、中年の職人が進み出る。

「大変申し上げにくいこってすが、留吉は持ち合わせがねぇみたいで……差配に断って長屋を漁ってみても、金目のもんは出てきやせんでした」

「ふむ、されば誰が払《はろ》うてくれるのだ？」

「とりあえずと言ったら失礼ですが、今日のとこはあっしらの持ち合わせを差し上げやす。何しろ留は酒さえ飲まなきゃ腕のいい職人で、上方の版元さんからもお誘いがあるぐれぇの腕前でして、稼ぎは堅いんでさ。踏み倒しなんか絶対《ぜってぇ》させねぇようにいたしやすんで、どうかご勘弁くださいまし」

「ふっ、やはり腕は良いのか……指の胼胝《たこ》から判じたとおりであったな」

男は微笑んだ。

「ならば今日のところは金は要らぬ。気が向いたら取りに参る故、留吉には左様に申し伝えるがいい」

「そ、それでよろしいんですかい？」

「構わぬ。おぬしたちのその寸志は、快気祝いにでも遣うてやれ」

これでは早見も、敵意を剝き出しにしたまま見送るわけにいくまい。

「ご苦労だったな、お前さん」

巾着《きんちゃく》袋を担いで出ていくところに、横を向いたまま一言告げる。

軽く挨拶でもしてくれれば、早見も気分よく別れることができただろう。

だが、返された言葉は辛辣《しんらつ》だった。

「よっ……おぬしらもせいぜい、上様を失望させぬように御用に励むことだな」

「何だと、まだ憎まれ口を叩こうってのかい⁉」

「さに非ず。当然の御奉公をしろと申しただけぞ」

「だったらおめー、俺ら町方が無駄飯食いだとでも言いてぇのか？」

「ははは、己のことを左様に思うておるなら世話はあるまいよ」

「この野郎、ふざけやがって！」

売り言葉に買い言葉とはいえ、ひとたびカッとなれば納まらぬのが早見の性分。

「表に出やがれ、この腐れ医者が!!」

「致し方あるまい。ちと相手をいたそうか」

男は平然と後に続いて歩き出した。

歩みを止めずに長羽織を脱ぎ、巾着袋と一緒に彩香に渡す。

我《わ》が儘《まま》勝手な、それでいて自然そのものの素振りであった。

「お、お待ちなされ」

戸惑いながらも、彩香は男たちの後を追う。

我知らず、渡されたものをしっかり胸に抱いていた。


昼下がりの路上で始まった決闘は、早見にとって思わぬ苦戦となった。

ピシッ！

迅速の一撃を繰り出す構えは誰もが初めて目の当たりにした、奇妙にして隙のないものであった。

「ぐうっ……」

右の頬《は》を腫らした早見が、よろめきながら立ち上がる。

体格がさほど変わらぬだけに、男の拳は重かった。

「て、てめぇ……」

「気を失わなかったのか。少し手加減が過ぎたかな」

迫る早見に動じることなく、男は再び見慣れぬ構えを取った。

両足を肩幅に開き、右足を後ろにして立っている。

膝を曲げて重心を安定させつつ、後足のかかとをわずかに浮かせるのは剣術の構えと同じく、敵の動きに応じて速やかに、前に出るための備えだ。

敵と見なした早見と腰を正対させつつ上体を半身にし、右の拳を顎の横、肘《ひじ》を腹の側面にそれぞれ着けて、抜かりなく守りを固めていた。

左腕は肘を直角に曲げ、拳を目の高さにしている。

早見がしたたかに食らったのは、その左拳の一撃だった。

「どこからなりとも、かかって参れ」

告げる口調は冷静そのもの。

落ち着き払った態度でいながら、しっかり挑発している。

「ふ、ふざけるない！」

吠える早見は裃の肩衣を外した上に、熨斗目の着物の諸肌《もろはだ》まで脱いでいた。往来でなければ、迷わず下帯《したおび》一本になりたいところであった。

そこまで身軽にして立ち向かわねば危ういと思えるほど、食らったのは迅速にして力強い一撃だったのである。

対する男は、黒い長羽織を脱いだのみ。

その羽織は薬籠と分かった黒革の巾着袋ともども、今は彩香が抱えている。

気持ちの上では早見を応援していても、放り出すわけにはいかない。

医者としての腕前は、あの男が完全に上を行っている。

もしも割って入ってくれなければ、留吉は彩香の手当てを拒み続けたまま気を失い、他の医者の許《もと》に担《かつ》ぎ込んでも手遅れだったことだろう。

それにしても、行動の読めない男であった。

間一髪《かんいっぱつ》のところに忽然《こつぜん》と現れて神速のメスを振るい、瀕死《ひんし》の患者を救った手術の疲れを見せることなく、今は早見を悠然と相手取《はてんこう》っている。

高貴とも思える雰囲気を漂わせながら、何と破天荒なのか。

「早見さま……」

羽織と薬籠を抱えた彩香は、見守りつつも不安を隠せない。

町方一の剣の手練《てだれ》にして腕っ節も強い早見が、完全に圧倒されているからだ。

男の挑発は続いていた。

「ふざけておるのはおぬしのほうぞ。人が意見をしてやっておるのに喧嘩《けんか》を売って参った故、こちらはやむなく応じただけのことだ」

「何が意見だい！　俺ら町方をよくも虚仮《こけ》にしやがって!!」

「虚仮で不服とあらば木偶《でく》とでも呼んでやろうか。いつまでも辻斬りどもに好き勝手をさせておくのであれば、役目など返上してしまえ」

「この野郎、言わせておけば！」

ぐわっと早見が突進する。

応じて、男も機敏に体《たい》をさばいた。

早見の攻めをかわしざま、放ったのはまたしても左の拳。

それも一発にとどまらず、続けて繰り出したのだ。

白い着物は筒袖なので、風に煽《あお》られることもない。細身に仕立てた黒い野袴も同様で、軽やかな足さばきを邪魔してはいなかった。

男の拳が続けざまに早見を捉える。

二発……三発……。

先程よりも当たりは軽かったが、とにかく速い。

「うっ、ぐうっ」

連打を浴びながらも、早見は負けじと前に出る。

しかし流れるような拳の攻めは、左の打ち込みだけにとどまらなかった。

ガッ！

重たい音と共に左の顔面を捉えたのは、一直線に繰り出された右の鉄拳。

剣術と共に習い覚えた体術を駆使し、早見が放った肘打ちと前蹴りを華麗な足さばきでかわしながらも機を逃すことなく、内側に抉《えぐ》り込むかの如く叩き込んだ一撃であった。

「………」

早見がくたくたと崩れ落ちる。

皮肉なことに男が挑発しながら口にした、大道芸の傀儡師《くぐつし》が子どもたちを相手に見せる木偶人形そのものの動きであった。

とは言え何の手向かいもできず、ぶざまに叩きのめされたわけではない。

「疲れておるのに本気を出させるなよ、おぬし……」

つぶやく男の声は、強がりとも思えぬ響きを帯びていた。

「腹は打つのを差し控えた故、勘弁せい……目を覚まさば顔こそ見られた様ではなかろうが、頭はすっきりしておるはずぞ。向後は今少し落ち着いて、敵の手の内を抜かりのう読んで仕掛けることだな……」

失神していると承知の上で語りかける言葉に、もはや悪意は皆無だった。

男は両手の指を屈伸させ、骨を痛めていないのを確かめながら前に出る。

「ひっ……」

「あわわ……」

おもむろに歩み寄られて悲鳴を上げたのは、固唾《かたず》を呑んで見守っていた留吉の職人仲間たち。先程まで口々に誉めそやしていたのが嘘の如く、怯《おび》えて診療所へ逃げ込んでいく。

路上に残ったのは彩香のみ。

じろりと見返す視線に動じることなく、男は長羽織と薬籠を受け取った。

「早見兵馬と申したか……あの男、今日びの町方にしては骨があるな」

「それがお役人に手を挙げた末の口上《こうじょう》ですか。呆れたものですね」

「何とでも言うがよかろう。俺はただ一人《いちにん》の男として、あやつに売られた喧嘩を買《こ》うただけだ」

「まぁ……」

呆れる彩香に構うことなく、男は長羽織に袖を通した。

巾着袋の太い口紐《くちひも》を締め直し、ひょいと肩に担き上げる。

去り際に告げたのは、早見を怒らせたのにも劣らぬ一言だった。

「早見を介抱いたすついでに、留吉にも少しは優しゅうしてやるがいい。おなごとしては受け入れてやれずとも、医者の務めまで怠ってはなるまいよ」

「そ、それは私が決めることでございます！」

「まことに気が強いおなごだな。それでは本当に嫁の貰《もら》い手が無《の》うなるぞ」

余計なお世話にも程があろう。

「に、に、二度とお顔を見せないでくださいまし!!」

「左様に願いたいものだな。俺はこれでも忙しい身なのだ」

「でしたら早々にお帰りください。さもなくば塩を撒《ま》きますよっ」

「それは困るな。自慢の羽織が斑《まだら》になってしまう」

「私の知ったことではありませぬ！」

「分かった、分かった。されば御免」

背中越しにそう告げるや、男は悠然と歩き出す。

早見はまだ気を失ったままだった。

先制の左拳による連打連撃、そして鮮やかな右拳の一撃に対抗しきれなかったのも無理はあるまい。

まだ西欧でしか行われていない、拳による打ち合いを一体どこで知ったのか。

可能性があるとすれば、長崎の出島《でじま》のみ。

カピタンと呼ばれるオランダ商館長とその部下たちが暮らす、日の本で唯一の海外に開かれた場所でしか有り得なかった。


浜町河岸を後にして、黒ずくめの男が八丁堀を尻目に向かった先は鉄砲洲《てっぽうず》。

海沿いの町人地を通り抜け、武家地に入ると見えてきたのは浜御殿《はまごてん》。後の世の浜離宮だが今は将軍家の別邸として造園が進められており、厳《いか》めしい番士が昼夜の別を問わず、しっかり守りを固めている。

表御門に中之御門と、二箇所の門を横目に進む男の歩みは軽やかだった。

「はははは、ご苦労、ご苦労」

番士に向かって呼びかける口調も、早見を相手にしていたときより軽い。強いて比べれば、彩香との別れ際のやり取りに近かった。

むろん、番士たちは誰も気に留めない。

召し物の生地《きじ》こそ舶来の高級品であるものの、ただの風変わりな流れ者としか見なしてはいなかった。

四

その頃、愛宕下の藪小路では神谷と小関が往生していた。

「ならぬならぬ！　早々に立ち去れい!!」

藩邸の番士は、先程から二人を門前払いにしようとするばかり。

碌に話も聞こうとせず、愛想も何も有りはしなかった。

話す言葉にお国訛《なま》りが残っておらず、江戸詰めとなって久しい身らしかったが洒落《しやれ》っ気をまるで持ち合わせていない。新平が用意してくれた選《よ》りすぐりの反物にも、微塵《みじん》も興味を示さなかった。

国許へ帰るときの江戸土産に飛びつくだろうと思いきや、完全に当てが外れてしまったのである。

それでも、今さら手口を変えるわけにはいかない。出直す時の余裕など無いのだ。

「お願いしますよ、旦那ぁ」

「何卒《なにとぞ》よしなにお頼み申します、お武家さま」

食い下がる小関と神谷の装いは、共に完璧な町人態《てい》。

小関が八州屋から暖簾《のれん》分けをしてもらったばかりのあるじに、神谷が荷物持ちの手代にそれぞれなりすまし、新規売り込みを装って潜入した上で勤番士たちの亡骸を検《あらた》めようという目論《もくろ》みも、まったく埒が明かずじまい。

何より気になるのは時間である。

すでに昼七つ（午後四時）を過ぎてしまっており、もうすぐ日が沈む頃。

そうなれば、いよいよ藩邸には入り込みにくくなる。

店そのものを閉める時間になっても粘っていればそれこそ怪しまれ、捕まって自身番に突き出されてしまいかねなかった。

焦る気持ちを抑えつつ、小関は番士に満面の笑顔を向けた。

「まぁまぁまぁ、そこを何とかお願いしますよ。こうなったら反物の一本なんてケチくさいことは申しません！　包みごと、どーんと差し上げますんでお仲間の皆さまにも分けて差し上げてくださいまし。何でしたら皆さまの寸法を計らせていただいてお仕立てもいたしますんで、ちょいとご門内に……」

「何と言われても通せぬわ！　とっとと帰れ!!」

お愛想が通用しないと見るや、すかさず神谷が口を挟んだ。

「あるじのご無礼は平にお詫び申し上げます、お武家さま。私どもは店を開いたばかりでお得意先にも恵まれず、実を申せば切羽《せっぱ》詰まっているのです。どうかひとつお慈悲を以て、ご朋輩《ほうばい》の方々にお引き合わせいただけないでしょうか」

切々と語りかける口調はお調子者のあるじを支える、実直な手代そのもの。

しかし、堅物の番士にはまったく同情をしてもらえなかった。

「ええい、聞き分けのない！　いい加減にいたさぬか!!」

お愛想たっぷりで太っ腹な小関の甘言も、謹厳実直な神谷の懇願も、まったく通じそうにはない。

そうこうしているうちに、西の空が見る見る紅くなってきた。

沈んでしまえば、万事休すだ。

寒空の下だというのに、小関も神谷も汗まみれ。

押し問答を繰り返した番士の苛立《いらだ》ちも、頂点に達しつつある。

まさか刀までは抜くまいが、このままでは腕ずくで追い返そうとしかねない。

もはやこれまでと思えたとき、一人の男が飄々《ひょうひょう》と歩み寄ってきた。

長羽織の襟元を合わせた姿は、完全に黒ずくめ。

見るからに身なりが怪しいだけでなく、態度も尊大であった。

「何だ、うぬは。こやつらの連れか？」

「いや、通りすがりの医者だよ」

「売り込みならば間に合《お》うておるわ。帰れ帰れ！」

番士はたちまち声を荒らげる。

小関と神谷をそっちのけにして、目を吊り上げていた。

それでも男は動じない。

番士に対して告げる口調も、相変わらず偉そうであった。

「生憎《あいにく》だが、そういうわけには参らぬ」

「しつこいぞ。こやつらともども疾《と》く引き上げぬかっ」

「帰れぬと言うておるのが分からぬか。別に売り込みに来たわけではないが、他に外せぬ用向きがある故な」

「うぬっ、あくまで逆らいおるか!!」

サッと番士は六尺棒《ろくしゃくぼう》をしごき、男に向かって突き付ける。

それでもまったく動じることなく、返した一言が振るっていた。

「用向きと申すは他でもない。そちの家老に会わせてもらおうか」

「ご、ご家老にお目通りさせよとな⁉」

「左様。早くしてもらおうか」

驚く番士を見返して、男はさらりと言ってのけた。

「できれば志摩守がいいんだが、来年に出府するまでは国許だろう。そうなれば次に偉い奴と、話を付けるしかあるまいよ」

「おのれ！　ご家老ばかりか御上《おかみ》まで愚弄《ぐろう》いたすか‼」

番士が激怒したのも無理はない。

諸藩では将軍ではなく、大名のことを御上と呼ぶ。

幕府の制度の下では将軍の一家臣にすぎなくても、藩士たちにとっては無二の主君であるからだ。

どうしてこんな挑発をするのかは定かでないが、幾ら何でも無謀に過ぎる。

「おい若いの、とっとと謝らねぇかい」

芝居をするのも一瞬忘れ、小関は男を窘《たしな》める。

神谷も黙ってはいられなかった。

「どなたかは存じませぬが、早うお詫びをなされませ」

あくまで手代を装いながらも、語気の強さは迫力十分。

しかし、男は平気の平左。

「いいから、いいから。何ならこっちから挨拶しに行こうかね」

涼しい顔でつぶやくや、手にした巾着袋を小関に渡す。

「おいおい、何をしようってんだい⁉」

「商売道具をちと預かってくれ。すぐに戻る故な」

背中越しにそれだけ告げると、ずんずん潜《くぐ》り戸に向かって歩き出す。

「こやつ！」

怒号と同時に、番士の六尺棒が唸《うな》りを上げる。

手の内の錬《ね》りを感じさせる、鋭い打ち込みだった。

これでは一撃の下に、叩き伏せられるに違いあるまい。

そんな小関と神谷の予想に反し、男は平然と戸を潜る。

代わりに門前で引っくり返っていたのは振り抜いたはずの棒を落とし、白目を剝いた番士であった。

「うう……」

呻《うめ》きを上げながら失神したのは、みぞおちを軽く打たれたが故のこと。

小刀《こがたな》のさばきに劣らず速い拳の一撃は、それぞれ武芸の修行で鍛え上げた二人の眼力を以てしても、決まった瞬間を見て取ることができなかった。


しばしの後、男は門前に戻ってきた。

潜り戸から出てきたわけではない。

わざわざ表門を開かせ、飄然《ひょうぜん》と石畳を踏んで生還したのである。

折しも小関と神谷は念のため、こっそり巾着袋の中を検めて、驚かされているところだった。

「あの野郎、本物の医者だったんだな」

「しかも蘭方医であるらしい。見たこともない道具が入っておるぞ……」

「こいつぁ金創《きんそう》の医者が使う小刀じゃないのかい？」

「それにしては華奢《きゃしゃ》すぎる。せいぜい瀉血《しゃけつ》か膿《うみ》を取るぐらいが関の山だろう」

「うーん、長崎渡りの異人が遣う代物《しろもの》なのかもしれねぇなぁ……」

首を傾《かし》げながらも、二人はすっかり興味津々《しんしん》。

そこに男の声が飛んできた。

「おいおい、人の持ちもんを勝手に検めてもらっちゃ困るな」

「お、お前さん」

「ぶ、無事であったのか」

今や神谷も芝居が続かず、素になって驚いていた。

そんな二人に、男は笑顔で呼びかける。

「亡骸《むくろ》を検めさせてもらえるそうだ。これでお役目が果たせるな」

「えっ？」

「お前さんたちが町方役人なのは最初《はな》から分かっておった。察するに御成先御免《おなりさきごめん》の着流し姿で動くよりも七方出《しちほうで》をいたす折のほうが多い、隠密廻同心であろう」

「ちっ、お見通しだったってのかい……」

戸惑いを隠せぬ神谷をよそに、小関は小声でぼやく。

しかし、驚くのはまだ早かった。

男は無礼討ちにされるどころか、藩士たちをずらりと従えていたのである。

傍《かたわ》らに付き添う江戸家老の顔は、すっかり青ざめてしまっている。

一体全体、何がどうしてこうなったのだろうか。

二人ともまったく見当がつかぬほど、江戸家老は怯えきっていた。

「若さま、どうかくれぐれもご内聞に願い上げます……」

お国訛りを出さないように気を付けながら、江戸家老は懇願する。

応じる男の態度は鷹揚《おうよう》そのもの。

「分かっておるよ。志摩守には間違っても迷惑はかけぬ故、そこのところは安心してくれればよい。俺が望みは、そちの家中の二人を酷い目に遭わせおった外道どもの手口を知りたいだけである故、な」

「心得ました。どうぞ、お気の済むまでお調べくだされ」

「ついてはあの二人も、立ち会わせてやってもらえぬか」

「ははーっ、御意とあれば是非もございませぬ」

江戸家老は相変わらず、見るも気の毒なほど緊張しっぱなしであった。

それでも小関と神谷に詰め寄り、自ら素性を確かめることは忘れない。

「そのほうら、まことにこちらの御方のお連れなのか?」

「さ、左様にございます」

「はい、はい、そうですとも」

神谷に続き、小関も愛想笑いを浮かべて答える。

応じる男も、機嫌よさげに微笑んでいた。

「待たせたな、お前さんがた」

「いえいえ、何ほどのこともございませぬ」

先に歩み寄ったのは、年の功のある小関。

慌てて神谷も後に続く。

状況が把握しきれていないのは、二人とも同じこと。

江戸家老と藩士たちの目を盗み、小声で問いかけたのも同時であった。

「なぁ、お前さんは……」

「おぬしは一体何者なのだ？」

「ただの医者だと言っただろう。そういうことにしておくがいい」

さらりと答え、男は前を向いて歩き出す。

目当ての勤番士たちの亡骸は、経帷子《きょうかたびら》姿で御長屋の一室に安置されていた。

茶毘《だび》に付されるのを待つばかりだったのは、神谷の予想したとおり。

今少し藩邸に入り込むのが遅かったら、骨にされてしまっていたに違いない。

ともあれ間に合ったからには、納得がいくまで検めさせてもらうのみである。

もちろん、死者に対しても礼を尽くすことは欠かせない。

「南無《なむ》……」

線香の煙が漂う中で、小関と神谷は神妙に手を合わせる。

黒ずくめの男もさりげなく合掌《がっしょう》し、二人に先んじて亡骸に躙《にじ》り寄った。

藩邸の人々は、御長屋の表で待機している。

誰一人として邪魔をせず、見張りさえ置いていない。

遠慮をするにも、程があろう。

「お前さん、やっぱりただの医者じゃあるめぇよ」

小関が思わずつぶやいたのも、無理からぬことだった。

しかし、当の男は平然としたもの。

「そんなことはどうでもよかろう。さ、まずは唐竹《からたけ》割りにされた仏からだ」

男は眉《まゆ》ひとつ動かさず、凄惨《せいさん》な亡骸をつぶさに調べた。

素性を明かした二人の所見にも耳を傾けながら、切り口を確かめる。

その上で男が述べたのは半分は期待どおりの、しかし半分は小関と神谷の意に反する一言であった。

「うむ、たしかに柳葉刀《りゅうようとう》で殺《や》られておるな。だが振るったのは大入道《おおにゅうどう》などではない。もっと小柄で身軽な、それこそ子どもみたいな奴の仕業だろうよ」

「子どもだと？」

納得しかねる様子で神谷が言った。

「その場を目の当たりにした駕籠《かご》かきは先棒《さきぼう》も後棒も口を揃えて、一丈《じょう》の大男を見たと言うておるのだぞ。少々大袈裟《おおげさ》だったとしても小柄なはずはあるまい」

「いや、そいつは思い込みというものだ」

「何っ」

「調べを付けるのがおぬしたちの役目だろう。腹を立てる前に頭を使え」

ムッとしたのを黙らせると、男は小関に向き直った。

「ちょっとくすぐったいが、じっとしておれよ」

告げると同時に腰を屈《かが》めて、男は小関の股ぐらに頭を入れる。

「ななな、何をするんでぇ」

「すぐに済む。部屋では天井が低いから、ちと土間に降りるぞ」

慌てるのに構わず軽々持ち上げ、そのまま肩車をする。

「どうだ、一丈近くはあろう」

「む……」

神谷は思わず目を剥いた。

小関も肩車をされたまま、瞠目《どうもく》せずにいられない。

自分たちの誤りを、もはや認めざるを得なかった。

夜の吉原田圃で勤番士たちを襲ったのは大入道などではなく、肩車をした二人組だったのだ——。

五

翌日の午後、神谷と小関は浜町河岸の診療所を訪れていた。

「ひそう、ですか？」

「そうなんだよ先生。飛ぶ爪って書く、唐土《もろこし》の得物《えもの》らしいぜ」

唖然《あぜん》とする彩香に、小関は感心しきりの様子で言った。

「あの黒ずくめ、まったく大《てぇ》した奴だぜ。幾ら訊《き》いても新九郎《しんくろう》としか名乗っちゃくれなかったんで定かじゃねぇが、あいつは武家、それも名のある家の出に違いあるめぇ。そうでなけりゃ外様とはいえ、大名家の連中が下にも置かない扱いをするはずがねぇからなぁ」

「左様にございましたのか……」

つぶやく彩香は、どことなく不快な様子。

自分には一言もなかったのに、どうして小関たちには名前だけとはいえ素性を明かしたのだろうか。

しかも浜町河岸を去った足で愛宕下まで赴き、大名屋敷に正面から乗り込んで無礼討ちにされることなく、あっさり検屍を許されるとは――。

訳が分からぬことばかりだが、ともあれ急がれるのは辻斬りの得物の特定。

昨夕のうちに男が答えを出してくれたとはいえ、考えなしに鵜《う》呑みにすることはできかねた。

「その飛爪《ひそう》とやらですが、たしかお奉行のご蔵書にも……」

「例の『武備志《ぶびし》』のこったろう。俺らも出がけに二人して確かめたよ。お奉行がまだ御城にいなさるんで、うるさい内与力さまの目を盗んだ上でのこったがな」

「されば、使い方に関するところもお目を通されましたね？」

「ああ。でっかい鉤爪《かぎづめ》を長縄でつないでぶん回せば、体どころか甲冑《かっちゅう》にまで食い込んじまう代物《しろもん》らしいな。唐土の鎧甲《よろいかぶと》ってのはピンからキリまであるみてぇだから、どれほどの威力《もん》なのかは遣ってみねぇと分からねぇけどな」

「それで私も疑わしいと思いつつ、考えから外してしまったのです。吉原田圃に駆け付けし折に垣間《かいま》見た亡骸は、それこそ熊の爪を打ち込まれたかの如く、酷い有り様にございました故……よほど勢いがついていたにせよ、遠間《とおま》からの一撃であれほど肉が爆《は》ぜるとは、どうしても思えませんでしたので」

「そいつぁ俺も稀有《けぶ》に思えたこったよ。つくづく拝ませてもらって分かったことだが、あれは熊並みにでかい野郎が近間に立って、上から思い切りぶち込んだに違いねぇ。そうだよな、十郎」

「おやじどのの申したとおりぞ、先生」

黙って話を聞いていた神谷が、訥々《とつとつ》と語り出した。

「浅学《せんがく》にして先頃まで知らなんだことだが、飛爪は唐土にて暗器《あんき》と呼ばれる隠し武器の一種なのだな。しかも長縄でつないだ棒手裏剣の如き刃……鏢《ひょう》なるものを飛ばすのと同様に扱う故、扱いは極めて難しいはずだ。故に駕籠かきが目にした大入道とはどうしても結びつかず、私も考えから外していたのだ。したが、それはとんだ思い込みであったよ」

「神谷さま」

「真実を見出すためには、潔《いさぎよ》う非を認めねばなるまい……私は新九郎どのから左様に教えられたのだ。たしかに少々鼻につくところもあるが、大した御仁《ごじん》ぞ」

落胆を隠せぬ様子の彩香からさりげなく視線を外しつつ、小関は言った。

「この歳で恥ずかしいこったが、新九郎さんの見立てにゃ俺も返す言葉ってもんがなかったよ。ぶん回すために作られた得物だからって、そうしなきゃいけない決まりがあるわけじゃねぇ。それこそ熊の手みてぇな鉤爪を諸腕《もろうで》に嵌《は》めて思いっ切りぶん殴れる、籠手《こて》みたいな代物に作り替えたんじゃねぇかって考《かんが》えに至ったとたん、ずっともやもやしてたのがすんなり腑に落ちたんだよな……」

「何事も四角四面ではいかんということだな、おやじどの」

感慨深げに神谷が言った。

「早見と道場通いに励んでおった子どもの頃を思い出したよ。初心のうちは手本のとおりにいたすのが肝要なれど、熟練せし後は工夫をするのが大事と、師範の先生が稽古の後の講話で言うておられた。こたびの得物見立ても、つまるところはそういうことであったのだな」

「あーあ、新九郎さんにはいろいろ教えられちまったなぁ」

「うむ。屋敷の門前で別れたきりになってしもうたが、また会いたいものだな」

「………」

しみじみ語り合う二人をよそに、彩香は悔しげに唇を噛み締めていた。

口惜しい限りだが、自分は新九郎にあらゆる面で負けている。

医者としての技量と知識、そして患者と接する経験。

何より慚愧《ざんき》に堪《た》えぬのは、辻斬りどもの得物の見立て違いを指摘されたこと。

言葉にしたくはなかったが、大した人物と認めざるを得まい。

しかし、一方で新たな疑問を覚えてもいた。

新九郎は余りにも、異国について詳しすぎる。

こたびのように難しい患者の命を救ったり、許せぬ外道どもの得物を特定してくれるのであれば世の中の役にも立とうが、ひとたび悪の心を抱けば、その技量と知識は恐るべき事態を引き起こしかねない。

まさか協力すると装って敵方と内通しているわけではあるまいが、そんな疑いを思わず抱いてしまうほどに正体が判然としないのだ。

一体、あの男は何者なのか。

こたびの敵とも、何か関わりがあるのだろうか――。


暫時《ざんじ》の後、三人は数寄屋橋の北町奉行所に向かった。

新平は先に直行し、与七の手引きで奥まで忍び込んでいるはずである。

内与力の監視を掻《か》い潜《くぐ》らなくてはならぬのは、彼ら二人のみ。

彩香は奉行所出入りの検屍医であると同時に依田の掛かり付けなので、まさか影の御用でつながるばかりか、男女の仲とは疑われてもいなかった。

小関と神谷は隠密廻であるため、与力と違って奉行に目通りが叶《かな》わぬ同心たちの中で特別に、奥への出入りを許されていた。

早見は常の如く、厠で長《なが》っ尻《ちり》をしていると装って上役の目をごまかしたはず。

一同が依田が下城するのに合わせて集合したのは、これまでの調べで分かった事実を余さず報告するため。

そして辻斬りどもを如何《いか》なる形で成敗するのか、決断を仰ぐためでもあった。

「おぬしたち、よくぞそこまで突き止めたのぅ」

「いえいえ、思いがけねぇ助っ人が出てきてくれたおかげですよ」

報告を聞き終えて感心しきりの依田に、小関は恥ずかしげに答えた。

「その助っ人……お話の中で申し上げましたとおり新九郎ってんですがね、ただの医者じゃなささそうなんでさ」

「あの野郎、次に会ったらただじゃおかねぇぜ」

ぼそりとつぶやく早見の顔面は、すっかり腫れ上がっていた。

「おぬしは、その顔をまずは何とかいたせ。それでは妻女を迎えに参るのもままなるまいぞ」

苦笑交じりに告げる依田は、すでに思案を固めた後。

こたびは田沼の妨害に屈さず、家重公の真意を奉じて事を成したいということも一同には伝えてある。報酬は自腹を割いて用意するつもりだった。

後は敵の手の内を暴いて仕掛けるのみだが、やはり気になるのは新九郎。

今のところは助けられているが、味方と考えるのは早計であろう。

「おぬしたちの話を聞けば聞くほど、間が良すぎるとしか思えぬな……こちらの動きを読まれ、ことごとく先回りをされておるかのようだ……蘭方医ならば当然なのやもしれぬが、何やら長崎と縁がありそうなのも気にかかるの」

「居場所を探して引っ捕らえますかい、お奉行っ」

「静かにせい。おぬしはじっとしておれと申したであろうが」

勢い込んで申し出た早見を叱り付けると、依田は彩香に視線を巡らせた。

「新九郎とやらの素性、そなたは如何に判ずるか」

「……」

しばしの間を置き、返されたのは意外な答え。

「……私には、好きにはなれそうもない殿御《とのご》です」

「おいおい先生、何を藪《やぶ》から棒に言い出すんだい？」

「黙り居《お》れ、早見」

余計な口を挟むことを許さず、依田は続けて問いかける。

「好きにはなれぬが、気になっておるのであろう」

「いえ、左様なわけでは」

「もうよい。総じて申さば、一筋縄ではいかぬ男ということぞ……」

つぶやく依田に表情はない。

感情を一切滲ませず、まして男としての嫉妬《しっと》など微塵も匂わせはしなかった。

と、小関がおもむろに口を開いた。

「お奉行、念のために申し上げときやすが、新九郎さんはかなりの手練ですぜ」

「まことか、小関？」

「ただの鼠じゃないって申し上げたのは、そういう意味でもござんしてね。足の運びに目の配り……。兵馬をあっさり叩きのめしたってのも、頷《うなず》ける話でさ」

「おやじどの、俺はまだ負けちゃいないぞ。あの野郎は絶対《ぜってぇ》にぶちのめす！」

「分かった、分かった。とにかく、その腫れを早いとこ何とかしな。手ぬぐいを濡らすついでに井戸水をがんがん浴びて、頭も冷やすがよかろうぜ」

「やれやれ、それじゃ風邪をひいちまうよ」

やり込められてぼやきながらも、早見の目は燃えていた。

何も意趣返しをしたい一念で、新九郎を気に懸けているわけではない。

敵であれ味方であれ、あの男が不可解な存在なのは事実である。

思うところは依田も同じであったらしい。

「神谷と小関は引き続き、新九郎の住処《すみか》を当たれ。面番所詰めの御用も外せぬ故に繁多だろうが、ひとつ頼むぞ」

「心得ました、お奉行」

「任せてやっておくんなさい。もしかしたら吉原にひょっこり顔を出すかもしれやせんし、流連《いつづけ》でも決め込んでてくれりゃ好都合ってもんでさ」

「十分に有り得ることだ。されば岡場所と主だった旅籠《はたご》には、儂《わし》が回状《かいじょう》を廻しておくといたそう」

「表の御用でもないのに、そんなことをなすってよろしいんですかい？　主殿頭に嗅《か》ぎつけられたらまずいですぜ」

「ふっ、何ほどのこともない」

案じる小関に、依田は余裕の笑みで答える。

「急病人の命を救っておきながら薬礼も取らずに立ち去った名医を讃え、町奉行より報奨金を出すということにいたせばいいのだ。何ら偽りではない故な」

「さすがはお奉行、それなら誰も疑いませんぜ」

「左様な話が耳に入れば、新九郎は必ずや動き出す。その折は頼むぞ、新平」

「分かっております。品川と板橋、それと千住に網を張るのでございますね！」

「しかと頼むぞ」

張り切る新平に、依田は微笑む。

「八州屋に毎度散財をさせてしもうて相すまぬが、宿場町は儂の管轄から外れておる故な。寺社の門前町も、併せて頼む」

「そっちは与七に任せますよ。地回りの連中にも顔馴染《なじ》みが多いんだろう？」

「へい」

話を向けられた与七は、苦笑交じりに答えた。

「こっちは素《す》っ堅気《かたぎ》だって何遍《なんべん》も言ってんのに、向こうから近付いてくるもんで……いつの間にか、あっちこっちで声をかけられるようになっちまいました」

「いいことじゃないか。友達は多いに越したことはないだろうさ」

明るく告げつつ、新平はふと思い出した様子で言った。

「お奉行、さっきから話に出てる唐渡《からわた》りの得物の件でございますが、両国広小路の唐人一座は放っておいてもよろしいんですか？」

「長崎から出て参ったという触れ込みで、変わった見世物を披露しておると申す芸人たちのことかの」

「はい。相も変わらず凄《すご》い人気で、昼間なら辻斬りも出ないってんで毎日大入り満員ですよ」

「左様か……長崎と聞かば、気になるの」

「そうでございましょう。私はあの座頭、萬年屋亀蔵って男にずっと目を付けていたんですよ……もともと気にはなっていましたけど、九重太夫のことがあってから、ますます怪しいと思いまして……」

「続けよ、新平」

依田は後ろに置いていた脇息《きょうそく》を引き寄せ、前に置いて寄りかかった。

武士同士の語らいの場では無礼とされる振る舞いだが、何も新平を町人だからと軽んじて、そんな真似をしたわけではない。

仲間内で一番若い新平は、何かにつけて遠慮が多い。日本橋で指折りの呉服屋の若旦那でありながら、慎《つつし》み深い若者なのだ。

田沼の如く厚かましいのも考えものだが、年嵩《としかさ》の仲間たち、しかも与七の他は武家の出の者ばかりが揃っているため、日頃は陽気であるものの、奉行の依田を交えた場所では気後《きおく》れしがち。今も話を向けられ、初めは気を張って受け答えをしていたものの、次第に言葉が詰まりつつあった。

ならば一同をまとめる自分がくつろいだ姿勢を取り、別に気兼ねなどしなくてもいいのだと、態度で示そうと思い立ったのである。

依田のさりげない気遣いは、吉《きち》と出た。

「よろしいのですか、お奉行さま？」

「存念があらば何なりと申すがいい。ゆるりと聞かせてもらおうぞ」

「ありがとうございます」

安堵した新平は、澱《よど》みなく語り出す。

「それで与七にも手伝ってもらって、ずっと亀蔵を見張ってたんですがね、あの男は稀有《けぶ》ですよ。お江戸でこんなに人気なのに、贔屓筋《ひいきすじ》との付き合いなんか全然しないで、毎日毎日銭勘定ばっかりして……うちのおとっつぁんは道楽をしない代わりに芝居や軽業の一座を見物するのが好きだったんで、私は子どもの頃からいろんな一座に出入りをしてたんですけど、あんな座頭はまず居ませんよ」

「地元では遊廓のあるじをしておるそうだな。因業《いんごう》なのは地やもしれぬぞ」

「私もそう思います。あの見世物小屋の場所だって九重太夫の一座があんなことになっちまって潰れたから手に入ったんですし、もしかしたら亀蔵が玄人《くろうと》を金で雇って、やらせたんじゃないかって思うんですがね。あるいは芸人連中がみんな殺し屋なのかもしれませんよ？」

「それは考えすぎではないのか、おぬし」

興奮し始めたのを鎮めるかの如く、口を挟んだのは神谷だった。

依田の気遣いのおかげで気負いなく話ができたのはいいが、思い込みで先走らせてはなるまいし、疑わしいというだけで悪党と決め付けるのも考えものだ。

「よいか、しかと考えてみるがいい」

年上らしく、神谷は威厳を持って語りかける。

「あやつらが披露せし芸は種も仕掛けもある、いわば曲芸ぞ。唐渡りの格闘の術の冴えはたしかに瞠目すべきものであったが、あの技で人を殺《あや》めたとなれば全身があざだらけになるはずだ」

しかし、今日の新平は勢いが乗っている。

依田が話を遮《さえぎ》らぬことで自信を持ち、確信を込めて語っていた。

「ですから旦那、あいつらはわざと得物を遣ったんじゃありませんか？　毎日客に見せてる手口でほんとに人を殺したりしたらもっと早く、他の誰かに目を付けられちまいますよ。それでもよろしいんですか⁉」

「ふむ……」

神谷はしばし黙り込んだ。

何も新平を軽んじて、やり取りを中断したわけではない。

こういうときは感情に任せて反論するより、沈黙したほうが相手は落ち着く。その上で言われたことと己の考えを、慎重に照らし合わせているのだ。新九郎が教えたとおり、思い込みだけで事を判じるのを避けるためであった。

「旦那ぁ」

案の定、新平が不安そうに告げてくる。もとより気は弱いのだ。

応じて、神谷は再び口を開いた。

「おぬしの申すことには、一理あるな」

「ほんとですか？」

「たとえば例の願鉄とか申す大男ならば首の骨でも折り砕けようが、左様な殺しは一件も起きてはおらぬ。されど、飛爪を籠手の如くに細工して用いれば、あの剛力がものを言うはず。左様に判じれば、あやつはたしかに怪しいな」

「そうと決まれば話は早いや。あの一座のからくりをとことん調べ上げようじゃありませんか！」

「待て待て、急いては事を仕損じるぞ」

あくまで冷静さを欠くことなく、神谷は言った。

「先だっての早見の調べによると、あの一座が江戸にて興行を打つ運びとなったのは、大目付さまのお声がかりであったはず……」

そこまで口にしたところで、依田が口を挟んできた。

「大目付と申したか、神谷」

「左様にございますが……？」

「もしや前《さき》の長崎奉行を務めし、間垣兵部《まがきひょうぶ》どのではないのか」

「そのとおりです。俺が乗り込んだとき、亀蔵の奴がそう言っておりましたよ」

代わって答えたのは早見。

煮え湯を飲まされた一件だっただけに、忘れようのない名前であった。

その名を耳にしたとたん、依田は考え込み始めた。

しばしの間を置き、つぶやいたのは思わぬ言葉。

「ふむ……あの守銭奴《しゅせんど》がの……」

「大目付ってのはそんな吝《しわ》い屋なんですかい、お奉行？」

「左様。長崎にて山ほど蓄えし賄賂《わいろ》の小判を日々眺め、それを肴《さかな》に一献傾けるを無上の楽しみにしておるそうだ」

小関の問いかけに答える依田の声は、軽侮《けいぶ》の念を孕《はら》んでいる。

たしかに話を聞いただけでも、碌な輩ではなさそうだ。

しかし、当の小関はピンと来ない様子であった。

「小判を眺める……ねぇ……そうは言っても、小判を何千両も床にばらまいてたんじゃ、拾い集めるだけでも手間がかかって仕方がないでござんしょう。そんな真似なんかしなくても、屋敷の庭に金蔵《かねぐら》でもおっ建てちまえばいいじゃないですか？　何しろ長崎奉行っていや任期の何年かで蔵が建つって言うぐらい、儲かるそうですからね」

「どのように賞翫《しょうがん》しておるのかは儂も知らぬが、間垣は江戸まで持ち帰りし大枚を更なる出世に一文とて散じることなく、すべて手許に置いておるらしい。総額は五千両とも一万両とも、御城中で噂になっておるがな」

「一万両……ですかい⁉」

「よほどの悪行に手を染めねば、長崎奉行と申せど得られぬ額ぞ」

「うーん……そんな話を聞いちまったら、新の字の勘ぐりもあながち的外《まとはず》れとは言えませんぜ、お奉行」

「どうであろうな、おやじどの」

口を挟んだ神谷の態度は、あくまで冷静。

「大目付さまが金の亡者と言われても致し方なき手合いであるにせよ、その顔に泥を塗る真似を亀蔵がするとは考えられぬ。互いに示し合わせての悪事であれば話は別だが……仮にも天下の大目付が、辻斬りの黒幕とは思えぬぞ」

「いや神谷、左様に判じればすべての辻褄《つじつま》が合うぞ」

依田は確信を込めて言った。

「間垣に唐人一座、そして新九郎……ことごとく長崎という地の縁によってつながっておるな。これを偶然と見なすは早計であろう。辻斬りどもが用いし得物がすべて唐渡り、つまり日の本では長崎でしか手に入らず、その使い途《みち》を学ぶ場が他にないのも気に懸かる……」

「ひとつずつ手繰《たぐ》り寄せ、根っこが同じなら当たりってことですね」

「へっ、まるでくじ引きだな」

新平のつぶやきを受けて、早見が笑う。

ともあれ、これで為すべきことが見えてきた。

間垣兵部に萬年屋亀蔵と唐人一座、さらには謎の多い新九郎。

この三者を個別に調べ、成果を突き合わせればいい。

一方で、新平には何やら思惑がある様子であった。

「お奉行、一座に揺さぶりをかけてみるってのはどうでしょうか？」

「揺さぶりとな」

「亀蔵が本気で儲けるために見世物小屋を張ってるのなら、たとえ何があろうと手放そうとはしないでしょうし、あの土地を失ってもどこか他の場所でもう一度やり直すに違いありません。幾ら吝くても大目付が後ろ盾なら、いろいろ便宜を図ってもらえるでしょう。そこんとこの動きを、見てやろうじゃありませんか」

「左様なことができるのか、おぬし？」

「私はこれでも商人の倅《せがれ》です。それに金は活かすために遣えって、いつもおとっつぁんから言われておりますもので……」

新平の態度は自信たっぷり。

田沼のそれとは違う、澄んだ気持ちが滲み出ていた。

六

師走の江戸は寒いながらも快晴だった。

冬晴れの空の下、笛や太鼓の音が聞こえてくる。

どんどんひゃらら、ぴーひゃらら……。

「へっ、まるで正月だなぁ」

「おいおい、お屠蘇《とそ》気分になるのはまだ早かろうぜ」

薬研堀から両国広小路に出た早見と小関の装いは、共にくつろいだ私服姿。

今日は依田の計らいにより、奉行所の勤めは休みである。どうして早見ばかり贔屓《ひいき》をされるのかと、上役の与力は歯ぎしりをしていることだろう。

「へへへ、こいつぁいいや」

気分も上々で先に立ち、早見は盛り場を通り抜けていく。

賑やかな笛や太鼓の音に導かれるかの如く、小関と共に向かった先は先日まで唐人一座の小屋があった広い一角。いつも両国橋まで続いていた順番待ちの長い行列も今や絶え、客寄せの大きな龍も見当たらない。

「やるもんだなぁ、新の字の奴……」

「若い若いと思ってたら、どえらいことをやってのけたもんだぜ……」

「おや、おやじどのは若造を褒《ほ》めたりしないいんじゃないのかい。ちょいと甘い顔を見せるとすぐにつけ上がりやがるって、俺と十郎が見習いだった頃は説教してばっかりだったじゃないか」

「へっ、あの頃は俺もまだ若かったんだよ。いい格好をしてみてぇ、ぎりぎりの年だったんだろうな」

「ははは、そういうことかい……」

「そういうことさね。へへへへ……」

笑みを交わす早見と小関の視線の向こうでは、さまざまな大道芸人たちが腕に覚えの技を披露し、客の喝采を浴びていた。

唐人一座は自ら小屋を畳み、いなくなったわけではない。

新平が手を回し、一座が小屋掛けをしていた土地を取り上げたのだ。

両国広小路の盛り場は幕府の火除地《ひよけち》であり、非常の折に界隈《かいわい》の住人たちの避難場所となるため、商いはすぐに撤去できる仮店《かりだな》でしか許されない。芝居や見世物の小屋も同じで町奉行から営業権、そして庭銭《にわせん》と呼ばれる場所代を徴収することを許された者が牛耳《ぎゅうじ》っている。いわゆる香具師《やし》の類《たぐい》とは別に正当な権利を持つ相手から譲り受けなくてはならなかった。

難しい取り引きを新平は成立させ、萬年屋亀蔵とその一座を追い出したのだ。

そして跡地を個々に商いをしていた大道芸人たちに開放し、誰からも場所代を取られずに芸を披露できるように取り計らったのである。

この一角は、今や歩行者天国のようなもの。

広小路全体からすれば一部分にすぎないが、これまで亀蔵とその一座によって独占されていたのが開放されたのだから、ずっと肩身の狭い思いをしていた芸人衆が大喜びしたのも当然だった。

そんな土地の権利を有するのは、両国橋の番所を預かる元締。橋の東西と中央の三箇所に設けられた橋番所の元締たちは、いずれ劣らぬ町の顔役である。

手続きは依田が便宜を図ってくれたものの、新平は代表の大元締にしかるべき挨拶をしなくてはならない。しかし堅気の新平が玄人相手に金を積むだけでは話が付かず、生意気だと痛い目に遭わされる可能性も十分に考えられた。

そんな覚悟を決めて乗り込んだ新平は、傷ひとつなく戻ってきた。

意外にも話がすんなり通ったのは、思った以上に亀蔵が守銭奴であったが故のことだった。

「不首尾だったら俺が大元締を締め上げるつもりだったんだが、えらくあっさり片が付いたもんだな」

「念のために与七だけは後から付いていってたそうだが、何も危ないことはなかったらしいぜ。新の字に大元締が恥を忍んで明かしたことにゃ、亀蔵が庭銭を渋り倒しやがるもんで一文にもならず、脅しをかけても頑鉄に追い返されるばっかりで、全然埒が明かなかったそうだ。あのまま居座られてたら凌《しの》ぎはあがったり、可愛い子分衆は怪我をさせられただけで文字どおりの骨折り損、ほとほと困り抜いてたとこにいい話を持ってきてくだすった若旦那は福の神でさって、強面《こわもて》の大元締が新の字の手を取って涙を流したそうだぜ」

「あのガマガエルみてぇな男が、かい？　鬼の目に涙ってのは聞いたことがあるけどよ、ガマの嬉し涙じゃ膏薬にもならねぇだろうな」

「おっ、言ってるそばから油売りの口上が始まったぜ」

「あっちは傀儡《くぐつ》芝居か……へっ、嫌なことを思い出させるなぁ」

「ん？　何か言ったかい？」

「な、何でもねぇよ……ちくしょう、あの野郎、今度こそ返り討ちにしてやるぜ

――!!」

雄叫《おたけ》びを上げ、早見は太い腕をぶんぶん振り回す。

そんな珍妙な振る舞いも、芸人たちの賑わいの中では目立ちもしない。

集う誰もが笑顔になれる、そんな一角となっていた。


しかし、好事魔多しは世の常である。

報復の刃は予期せぬ場所で、思わぬ相手に対して向けられようとしていた。


八州屋の暖簾を潜って早々に、神谷を迎えてくれたのは新平だった。

「いらっしゃいまし!」

「うむ……」

ぎこちなく頷きつつ、神谷は肩越しに後ろを見やる。

「晴れ着を誂《あつら》えてもらいたい。こちらの好みをしかと聞いた上で、な」

「はい、万事お任せくださいまし!」

新平が進んで商いを手伝っているのは、両国広小路の一件を解決するため父の勢蔵に大枚の金子を都合してもらったが故のことであった。

少々励んだところで埋め合わせになるはずもなかったが、少年の頃からの捕物好きが高じて神谷に懇願し、手札を預かる岡っ引きとなって以来、何ひとつせずにいたのを思えば大した進歩。

母のお勝《かつ》はもちろんのこと、姉のお栄《えい》と婿の盛助《せいすけ》も店の身代がどうのこうのといった下種《げす》な文句など何ひとつ言わず、心から喜んでいる。

与七も冷やかしの客が散らかしていった反物を巻き直しつつ、新平の働きぶりを微笑み交じりに見守っていた。

しかし、神谷は何ともきまりが悪い。

新平がどうのというわけではなく、女人《にょにん》連れなのが照れ臭いのだ。

そうは言っても、他の呉服屋では品揃えが今ひとつ。

同じ日本橋の越後屋ならば申し分あるまいが、それでは持ち合わせで支払いが足りるかどうかが心許ない。

自《おの》ずと八州屋に足が向いたのも、致し方ないことだった。

今日は影の御用も非番である。

探索の網は抜かりなく張り巡らされ、後は成果を待つばかりとなっている。

急くばかりではうまくないと判じた上での、依田の粋な計らいだった。

小屋を畳んだ亀蔵と唐人一座は両国広小路ばかりか市中からも姿を消し、今は甲州街道の府中宿にて細々と興行を打っていた。後ろ盾の間垣兵部が道中奉行を兼任しているため、土地の名刹《めいさつ》で武蔵国総社《むさしのくにそうじゃ》である大国魂《おおくにたま》神社の境内《けいだい》で小屋掛けをする上でも、便宜を図ってもらったらしい。

日帰りで行き来のできる距離のため、与七が手懐《てなず》けた地回り連中を交代で差し向けて見張らせているものの、目立った動きはしていない。今朝届いた報告でも何ら変わったことはなく、看板の三芸人も舞台に出ているとのことであった。

聞けば早見は今日の昼時、鶴女を迎えに広尾の在まで足を運ぶらしい。

そこで神谷も日頃の労をねぎらうため、おたみを連れて日本橋まで買い物をしに出かけたのだ。

早いもので、世話を焼いてもらうようになって半年が過ぎていた。

素性を含めて何ひとつ明かさぬものの、おたみは申し分のない女中だった。

若いおとみの指導を含め、家事については不満など有りはしない。

しかも影の御用を担うようになってからは、折に触れて面倒をかけてきた。

そこで新年を迎える前に、着物を新調してやりたいと思い立ったのだ。

しかし女物の晴れ着というのは、一体いかほどなのか——。

不安が尽きぬ神谷の気も知らずに新平は嬉々として、先程から高価な品ばかりを勧めていた。

「おたみさん、こちらなどはいかがでしょう？」

「まぁ、綺麗《きれい》な織筋《おりすじ》ですこと」

「こうした縦縞《たてじま》はいずれ流行《はや》るはずですよ。おたみさんはお綺麗ですし、こちらをお召しになられたら春信《はるのぶ》の美人画の絵手本に選ばれるかもしれませんねぇ」

「まぁ嬉しい。年増《としま》を持ち上げるのもお上手で、ご立派な若旦那ぶりですこと」

「ははは、一本取られちまった」

気をよくした新平は、どんどん反物を持ってくる。

与七も手伝い、上物ばかり出るわ出るわで神谷はすっかり汗まみれ。濡れた襦袢《ジュバン》が背中に張り付き、立ちくらみがしそうな気分。

と、おたみが呼びかけてきた。

「旦那さま、こちらでよろしゅうございますか」

「う、うむ」

恐る恐る視線を向けると、選んだのは見事な反物。品のいい萌黄《もえぎ》色で裾模様となる部分に梅の花があしらわれているのも淑《しと》やかな、仕立て上がりをすぐにでも拝みたくなる一反で、白い肌との取り合わせも申し分ない。

以前に湯屋で目にしてしまったおたみの裸身が、不意に脳裏に甦《よみがえ》る。

もはや、値段を気にするどころではなかった。

「よ……良き品ではないかな」

背中越しに告げた神谷に、おたみはしとやかに頭を下げる。

すかさず与七が算盤《そろばん》を持ってきた。

弾く指さばきも新平は慣れたもの。捕物三昧《ざんまい》で過ごしていても大店の倅として の基本はしっかりと身についていた。

ぱちぱちぱち。

ぱちぱちぱち。

「……………」

恐る恐る、神谷は振り向く。

新平は満面の笑顔で告げてきた。

「お買い上げありがとうございます。では、お仕立て込みで二分、八州屋《うち》は現金掛け値なしですので、お帰りの際にお支払いくださいまし」

「そ、それで間に合うのか？」

神谷にとっては大金ながら、拍子抜けするほどの安値であった。

素人目にも安く見積もって一両では済まぬはず。しかも越後屋と同じく、その場で抱えのお針子が仕立ててくれるのだ。

それをたったの二分で構わぬとは、有り得ぬ話。

「よろしいんですよ、旦那」

新平の明るい笑顔には、含むところなど微塵も有りはしない。

「か、かたじけない」

釣られて頬を緩める神谷を、おたみは優しい笑顔で見つめていた。

八州屋では上客を奥の座敷に通し、仕立て上がりを待つ間に結構な料理を振舞ってくれるのが評判となっている。

このところ市中には料理茶屋も増えつつあるが、賑やかなだけで気の休まらぬ宴席よりは小体《こてい》でも静かな座敷で気の置けない者同士、ゆるりと時を過ごすほうがやはりいい。神谷とおたみが過ごしたのも、そんな静かなひと時だった。

掃除の行き届いた一室は、畳の香りもかぐわしい。

膳の料理も量こそ控えめながら、行き届いたものであった。

椀は鯛入りのつみれ汁。煮物は根菜の炊き合わせ。

焼き物は旬の鴨肉に、身の締まった松茸《まったけ》が添えられている。

小鉢に盛られた長芋の千切りを、神谷はこぼすまいとして一苦労。

集中が過ぎたのか、思わぬ一言が口を衝《つ》いて出た。

「ふむ、何やら精が付きそうな……」

気付いたときには、もう遅い。

しかしおたみは動じることなく、炊き合わせから慈姑《くわい》をつまんで口に運ぶ。

「慈姑には煩悩《ぼんのう》を静める効能があるそうですよ、旦那さま」

「ま、まことか？」

「よろしければ、私におひとつくださいませぬか」

「じじじ、冗談は止《よ》せ」

「ほほほ……」

品よく微笑む横顔は美しい。

仕立て上がった一着を前にしての振る舞いは、それにも増して愛らしかった。

新平はわざわざ座敷まで衣桁を運び、拡げた着物を披露してくれた。

「まぁ……」

おたみは両手で胸を抱き、衣桁の前で息を呑む。

萌黄の小袖が醸《かも》し出すのは春爛漫《はるらんまん》の雰囲気そのもの。裾の梅模様は暖簾越しの陽光に優しく照らされ、馥郁《ふくいく》たる香りが漂い出ているかのようだった。

「お気に召していただけましたか、おたみさん」

「はい、まことに嬉しゅうございます」

新平に向かって告げながら、おたみはその肩越しに神谷を見やる。

と、甘い視線がたちどころに鋭くなった。

次の瞬間、障子窓がばりっと破れる。

曲者《くせもの》が何かを投げ込んだのだ。

「伏せてくだされっ！」

叫ぶと同時におたみは衣桁の着物を引っ摑《つか》み、ぶわっと拡げる。

鞠《まり》かと思えた丸い物体が爆ぜたのは、ほんの一瞬後のことだった。

「おたみ！　新平!!　大事ないかっ!?」

白煙の立ち上る中、神谷の切迫した声が響き渡る。

とっさに身を伏せたものの、二人を庇《かば》うことまではできていなかった。

「くっ……」

煙で視界が効かぬもどかしさに歯噛みしつつ、血走った目を四方に向ける。

と、そこに気丈な声が聞こえてきた。

「旦那さまこそ、大事はございませぬか？」

呼びかけたのはおたみ。

いつもの落ち着いた雰囲気と違う、熱を帯びた口調である。

「だ、旦那ぁ……」

弱々しくはあったが、新平の声も間違いなく聞こえてくる。

「二人とも無事であったか……」

互いに姿が見えぬままながらも、神谷は安堵せずにはいられない。

廊下から入り乱れた足音が聞こえてくる。

障子を開き、真っ先に駆け込んできたのは与七だった。

どっと廊下に漂い出た白煙に眉ひとつ動かすことなく、変わり果てた座敷の中を素早く見回す。

新平は倒れた衣桁の下敷きになっていた。

ぶつけた額が少々赤くなってはいるものの、どこにも怪我はしていない。

「若旦那、ご無事ですかい」

「こ、これは一体、どういうことだい……」

抱き起こされた新平は、まだ啞然としたままであった。

「旦那とおたみさんにお仕立て上がりをご披露して……ええと、それから……」

「辻斬り野郎が例の仕掛け玉を投げ込んだんでさ」

つぶやく与七の視線の先には、穴が空いた障子窓と針まみれの着物。

おたみが摑むと同時に拡げ、四方八方へ飛び散る寸前に搦《から》め取ったのだ。

「よ、与七……」

恐怖にわななきながらも、新平は命じる。

「こ、こんなふざけた真似をした奴を……は、早いとこ追っとくれ！」

「へい」

すっと与七は腰を上げた。

脇目も振らず飛び出していくのと入れ替わりに、駆け付けたのはお栄と盛助。

「し、新平っ」

「だ、大丈夫なのかい!?」

夫婦揃って動揺を隠せずに、日頃のそつのない客あしらいぶりはどこへやらといった態で、ただただ慌てふためいている。

「これ、何をやってんだい！」

続いて現れた勢蔵は、二人をまとめて叱り付けた。

「お店に居合わせなすったお客さまがたは番頭さんに任せてきたよ。お針子さんはもちろん、手代と小僧さんもみんな落ち着いてるってのに、お前たちだけ何が新平、新平だい。何を措いてもお客を気遣うのが、商売人の務めだろうが？」

ぽんぽんやり込めると、勢蔵は臆することなく座敷に入っていく。

「大事ございませぬか、神谷さま、おたみさん」

「うむ……」

堅い表情で頷《うなず》き返す神谷の前には、針まみれにされた着物。

見る影もなくズタボロにされた有り様は江戸市中の各所で発見された、辻斬りの犠牲者たちの亡骸そのものであった。

おたみが機転を利かせていなければ、自分たちも同じ目に遭っていたのだ――。

戦慄を覚えながらも、神谷は冷静に頭を巡らせる。

(狙われたのは新平……もしや、見世物小屋の一件の意趣返しではあるまいか)

それは仕掛け玉を投げ込まれた位置から判じたことだった。

敵は離れた位置に座った神谷ではなく、衣桁を目がけて投じている。

それも手前ではなく新平が立っていた、端のところまで飛んできたのだ。

おたみが標的だったのならば、神谷と二人きりで仲良く語り合いながら食事をしている最中を狙えばよかったはず。少なくとも神谷は食事中はもとより、見事に縫い上がった着物を披露された折も気が緩んでいたために、異変を察知できてはいなかった。

いずれにせよ、彼女のおかげで命拾いをしたのは事実である。

（俺が護《まも》ってやらねばならぬのに、何としたことか）

いざというときに役に立たず、逆に護ってもらうとは何事か。

町方同心である前に一人の男として、面目ない限りの神谷であった。

「旦那さま」

畳に散らばった雁皮紙のかけらを踏み締めて、おたみが歩み寄ってくる。

不甲斐なさを咎められるのかと思いきや、口にしたのは思わぬ一言。

「申し訳ございませぬ。せっかくのお気遣いを……」

告げる口調は、消え入りそうに弱々しい。

思わぬ危機に見舞われながら動揺せず、とっさの機転で男たちを救った腕利きとは考えがたい、女らしさに満ちた振る舞いだった。

「な、何を申すか」

とっさに神谷は答えていた。

「詫びねばならぬのは俺のほうだ。新平ともども命を拾うたは、ひとえにそなたのおかげなのだぞ」

「ですが、大事なお着物が台無しになってしまいました」

「つまらぬことを気にいたすでない。晴れ着など幾らでも、そなたが好みのものを買うてやる故な……」

それは神谷の強がりだった。

思わぬ襲撃で見る影もない有り様にされてしまったとはいえ、今になって勘定を踏み倒すわけにはいくまい。

なけなしの二分を八州屋に払ってしまえば、買えるのはせいぜい古着。されど男としての意地があるからには精一杯、頼もしく見せずにいられなかった。

「ありがとうございます、旦那さま」

礼を述べるおたみの態度はしおらしい。男たちの命を救ったことを恩に着せるどころか、あくまで慎ましい振る舞いであった。

一方の新平は、ぐったりと畳に横たえられていた。

姉夫婦に介抱されながらも、まだ動悸が収まらずにいるらしい。これまで追う対象でしかなかった辻斬りが突如として牙を剝き、襲いかかってきた上に危うく命まで落としかけたのだから、無理もあるまい。

（おのれ、ようもやってくれたな）

神谷の胸の内に怒りが渦巻く。

誰が標的だったのであれ、居合わせた他の二人まで平気で巻き添えにしようとしたのは事実。絶対に許せるものではない。

（待っておれよ外道ども……決して逃しはいたさぬぞ……）

闘志を燃やしながら決意も固く、心に誓う神谷であった。

第四章　牙刀乱刃《がとうらんじん》

一

その頃、萬年屋亀蔵は太い杖を突きながら御濠端を何食わぬ顔で歩いていた。

大手を振って江戸市中を、しかも千代田の御城を間近に臨んで昼日中から闊歩《かっぽ》できるのも、何ら罪に問われていなければこそ。

両国広小路から締め出されたものの江戸所払いにされたわけではなく、移った先の府中宿から甲州街道を悠々と上り、市中に再び入ったところで、咎《とが》められる理由など有りはしない。

迂闊《うかつ》に両国辺りに足を向ければ白い目で見られ、塩を撒《ま》かれるだけでは済まずに石まで投げ付けられるかもしれないが、もとより近寄るつもりはなかった。

穏やかな冬晴れの下、亀蔵が訪ねたのは高台にそびえ建つ、大きな屋敷。

旗本でも大身の者が多く住んでいる界隈《かいわい》で、一際目立つ邸宅であった。

「お役目ご苦労さまにございます。はい、御免なさいまし」

勝手知ったる様子で潜り戸から門内に入った亀蔵は杖を片手に、玄関番の家士に先導されて長い廊下を渡り行く。

築山と泉水も見事な中庭を横目にしばし歩き、着いたところは奥の座敷。

家士は廊下に膝を揃え、閉じられた障子越しに言上《ごんじょう》する。

「御前、亀蔵どのが参られました」

「苦しゅうない。通せ」

「ははっ」

朗々と答える声に従って障子を開け、家士は亀蔵を中に通す。

遠ざかっていく足音を確かめると、亀蔵は上座に向かって膝を進める。

変わった作りの部屋だった。

広い壁の一面が、棚で埋め尽くされている。

長崎渡りのギヤマンの引戸が付いた、特注品の飾り棚である。

透けて見える扉の向こうに陳列されていたのは、書画骨董ではなく大判小判。

大判は天正《てんしょう》から明暦《めいれき》、小判は慶長《けいちょう》から元文《げんぶん》までの各種が揃い、それも一枚ずつではなく何百何千と、おびただしい数が並んでいる。

山吹色の大判小判が祭り提灯《ぢょうちん》の如く、ずらりと並んだ様は悪趣味ながらも壮観そのもの。欲深い者ならば驚く前に、涎《よだれ》を流さずにはいられぬ光景だった。

見慣れたはずの亀蔵にとっても、まさに垂涎《すいぜん》の眺めである。

「はぁ……いつもながら、大したものでございますなぁ……」

「はははははは、さもあろう、さもあろう」

膝を進めながら目を爛々《らんらん》と輝かせる亀蔵を前にして、間垣兵部はご満悦。

傍目《はため》には温厚そうな、白髪頭の好々爺《こうこうや》としか思えない。

だが、人は見た目によらぬもの。

間垣は長崎で乙名《おとな》と呼ばれる曲者《くせもの》揃いの町名主たちを手玉に取り、かつてない額の賄賂《わいろ》をせしめた男である。

長崎奉行の職に在った間に、貯め込んだ総額は実に一万両。そのすべてを飾り棚に陳列し、飽きることなく眺めては悦に入るのが日々の習慣だった。

「いやはや、ご挨拶を申し上げる前に失礼つかまつりました」

「よい、よい。見るだけならば幾らでも好きにせい」

「恐れ入ります。幾度《いくたび》拝ませていただいても、まさに眼福にございますなぁ」

「さもあろう。これはただの大判小判に非《あら》ず、儂《わし》の命に等しき宝だからの……」

肉付きのいい頬を緩ませて、間垣は微笑《ほほえ》む。

しかし目だけはにこりともせず、追従の笑みを浮かべる亀蔵を見据えていた。

その点は亀蔵も同様で、鋭い瞳が放つ光は冷徹そのもの。似た者同士であればこそ、長崎の地で結んだ縁も続いているのだ。

「して萬年屋、府中での興行は大事ないか？」

「はい。おかげさまで、連日の大入り満員にございます」

「されば、疑われてはおらぬということだな」

「宿場役人どもはもとより町奉行も、大人しいもので……しつこく探りを入れておりました火盗改も、ついに諦めたらしゅうございます」

「それもそのはずじゃ。儂が支配役の若年寄に、しかと釘を刺しておいた故」

「かたじけのう存じます」

「よい、よい。そのほうらを江戸に呼んだのは、そもそも儂なのだからのう」

「おかげさまで大層稼がせていただきました」

「では、余禄はもう十分だな」

「欲を申せば、今少し……」

「相変わらずだのう。ならば正月が明けるまで、引き続き興行をするがいい」

「よろしいのですか、御前」

「道中奉行を兼ねておる儂が一言申せば済む話じゃ。それに事を済ませて早々にそのほうらの一座が長崎へ立ち戻れば、儂にまで要らざる疑いの目が向けられるやもしれぬ。畏《おそ》れ多くも上様の御命を頂戴つかまつるからには、常にも増して用心をしてもらわねばなるまいぞ」

「その点は重々心得ております。なればこそ仕損じることのない、選《よ》りすぐりの者どもを連れ参っておりますので」

「金三と銀六に願鉄か……そのほうが抱える手駒の、まさに三強であったな」

「あやつらの名前まで、よく覚えておられましたな」

「ふっ、まだ耄碌《もうろく》はしておらぬ。そのほうの立ち会いの下で技を見せてもろうたのは一度きりだが、あの不敵なる面構《つらがま》えと身ごなしの鋭さは当節の武士が失《うしの》うて久しきもの……上様の警固を仰《おお》せつかっておる小十人組《こじゅうにんぐみ》の猛者《もさ》どもとて、容易には太刀打ちできまい。それにあやつらは気配を殺す、隠形《おんぎょう》の術にも忍びの者さながらに秀でておる故な、影供《かげとも》の御庭番衆にも簡単には気取られまいよ。必ずや首尾よう成し遂げてくれると信じておるぞ」

「ははーっ、恐れ入ります」

深々と平伏しながらも、亀蔵は金の話を忘れない。

「して御前、お約束のものにございますが」

「ははは、急《せ》くには及ばぬ。事成就の暁に間違いのう、新しい上様に御成りあそばす御方のご家中より一万両を頂戴つかまつる約定を取り交わしておる……そのほうの取り分は四千両で構わぬな、萬年屋」

「あのー、畏《おそ》れながら折半というわけに参りませぬでしょうか？」

「ならぬ」

笑みを絶やすことなく、間垣は言った。

「こたびは儂も少なからず手間と金を遣《つこ》うておる。両国広小路および大国魂神社での小屋掛けの口利きに、そのほうの手駒どもが御府内にて繰り返せし辻斬りの後始末……あやつらが身を潜《ひそ》めるために当家の抱え屋敷を毎度《まいたび》使わせ、家紋入りの提灯もたびたび貸し与えたであろう？　さもなくば、隠形の手練《てだれ》と申せど早々に御用にされておったに相違あるまい。火盗改は言うに及ばず、江戸の町方役人は長崎と違《ちご》うて腕利きがそれなりに揃うておるし、町境の護りも堅い。やりすぎたのはあやつらとて重々承知のはずぞ」

「それはもう、御前には足を向けては寝られぬと申しております」

「ふん。血を見ねば夜も眠れぬ奴らが、左様に言うておったのか」

「もちろんにございます。おかげさまで存分に気散じをさせていただけたと」

「ま、思うたよりも派手にやってくれたのは儂にとっても幸いであった。江戸の世情が不安となったが故に御公儀の威光は揺らぎ、将軍家の評判も堕ちつつあるからの。馬鹿将軍の振る舞いは相も変わらずだが、取り巻きどもの落ち着かぬ様《さま》をさりげのう見ておれば自《おの》ずと察しは付く。田沼主殿頭めも日々気が気ではないらしいわ。ははははは。若造め、いい気味ぞ」

「主殿頭さまと申せば、御前のご出世を邪魔した御側御用取次でございますな」

「左様。若輩のくせに賢《さか》しらげな、まことに気に食わぬ男じゃ」

間垣は苛立《いらだ》たしげにつぶやいた。

「萬年屋、取り分はあくまで折半を所望いたすか」

「はい、それはもう」

「ならば望みを叶《かな》えてつかわす故、今一人仕留めてもらおうか」

再び笑みを浮かべながら、間垣は言った。

「上様の御命を頂戴つかまつるついでに、田沼主殿頭も空《むな》しゅういたせ。どうせ御乗物の近くで右往左往しておるはずだからの、行きがけの駄賃が一千両ならば文句はあるまいぞ」

「しかと心得ました。すべて御前のお望みのままに相勤めさせていただきます」

亀蔵は重ねて平伏する。

深々と下げた面《おもて》に、心から嬉しそうな笑みを浮かべていた。

二

府中宿は甲州道中でも指折りの宿場町。

もとより人の往来が数多い上に、名刹《めいさつ》の大国魂神社に遠方から参拝しに訪れる善男善女も後を絶たない。

その境内《けいだい》で新たに始まった長崎渡りの唐人一座の興行は、連日の大盛況。

旅の途中や参拝のついでに立ち寄る者ばかりか地元の人々にも好評で、両国広小路と同様に順番待ちの列が広い境内だけでは収まりきれず、名物の欅《けやき》並木に沿って長々と伸びるほどの大入り満員が続いていた。

看板の三芸人にも惜しみなく声援が送られ、ひょうきんな金三と美男の銀六はもとより、願鉄が意外にも大人気。

幕間《まくあい》には子どもたちを集めて力比べの相手をしたり、すし詰めの客席をこまめに回って赤ん坊や幼子を抱っこしたりと、無口で恐そうな外見に似合わず優しいことが評判を呼んで、飛んでくるおひねりの数も一番多い。

「あいやー、こっちもきをぬいてられないね」

負けじと金三は滑稽なしぐさや顔芸で爆笑を誘い、銀六は役者ばりの流し目で客席の女たちを悩殺するのに余念がない。

盛りだくさんな出し物と三芸人の達者な客のあしらいに、見世物小屋を訪れる老若男女はみんな大満足。

まさか江戸市中で幾多の命を奪い、ほとぼりが冷めるのを待って新たな凶行に及ばんとする外道の一味であるとは、誰も夢想だにしていなかった。

萬年屋亀蔵と芸人たちは客を送り出して片付けを済ませると、宿場町の旅籠《はたご》に戻って休息する。

すでに辺りは暗くなり、旅籠の客引きも一段落したところ。

どの旅籠でも部屋にお膳が運ばれ、客たちは夕餉《ゆうげ》を堪能《たんのう》中。

吝《しわ》い亀蔵は旅籠代を少しでも浮かせるため、抜かりなく手を打っていた。

いつも戻れば酒や菓子の差し入れが山ほど待っており、近在の村から届く野菜や川魚は台所に調理を頼み、菜《さい》の材料にしてもらう。浮いた銭は宿代から引いてくれるように、亀蔵は旅籠のあるじと約束を交わしてあった。

間垣との話を終えて市中から戻ってみると、今日のおかずも差し入れだけで間に合っていた。留守を預けた金三が、代わりに段取ってくれたのだ。

「へへへ……変わり映えのしねぇ献立《もん》でも無料《ただ》だと思えば、どんなご馳走よりも美味いもんだな」

麦の一粒も残すまいと丹念に箸を動かしながら、亀蔵はにやりと笑った。

おひつが特大なのは、願鉄のためである。今宵もぎっしり詰めて運ばれてきたのを大盛りにしては平らげることを、黙々と繰り返していた。

亀蔵が一座のまとめ役でありながら個室を取らず、金三と銀六、願鉄と共に寝起きをしているのは、余計な出費を節約するためである。地元の有力者たちへの付け届けを惜しんだのも両国広小路で興行を打ったときと同様で、府中入りした折の挨拶回りに配ったのは、一座の名入りの手ぬぐいのみであった。

「費《つい》えが抑えられるってのは何より有難いこった。間垣の御前のお顔が効いてるみてぇで宿場の顔役どもも分け前を寄越せとは言わねぇし、おたからをたんまり抱えて長崎に帰れそうだぜ。なぁ？」

「へっへっ、仰せのとおりでござんすねぇ」

箸を動かしながら相槌を打ったのは、愛想のいい三十男。

顔の造りこそまずいが、鍛えられた体付きは銀六とよく似ている。

身の丈もほぼ同じで頭の形までそっくりのため、被《かぶ》り物でもしていれば本物と見紛《まが》うほどだった。

「それにしても元締、ずっと覆面なんぞを着けていて、お客さんから変に思われちゃいませんかねぇ？」

「なーに。昨日からのことなんだから、誰にも疑われちゃいねぇよ」

三十男に答えると、亀蔵は汁椀の底を箸で浚《さら》う。飯と同様、味噌汁の実である菜っ葉のひとかけらさえ残すまいとしていた。

そんな浅ましい真似をしながらも、たたずまいは堂々たるもの。ケチケチした素振りをするのを、何ら恥じてはいなかった。

もちろん、配下が難癖をつけられるはずもない。

そうは言っても、納得のいく答えは欲しい。

「真面目に答えておくんなさいよ、元締。あっしだって役者の端くれなのですぜ」

「ったく、しょうがねぇなぁ……教えてやるよ、米八《よねはち》」

ようやく汁を平らげて、亀蔵は顔を上げた。

「昨日の幕開けで俺が客にしっかり断りを入れただろう？　これなる銀六は日頃から容子《ようす》がいいのを売りにさせていただいていればこそ、吹き出ものひとつでも大切なお客さまの目には晒《さら》せやしません、あいにくと口の中まで腫《は》れちまって喋れないもので、しばらくはどうかご勘弁くださいましって……な。あの詫び口上を信用したから、女どもは顔なんぞ見えなくっても安心して、思い切り黄色い声を張り上げてたのさ。まさか中身がお前さんにすり替わってたなんて、今日も気付いちゃいるめぇよ。差し入れの数だって、昨日に劣らず多かったはずだぜ」

「へい……兄いの代わりでなかったら、もっと晴れがましい心持ちになれたんでしょうけどねぇ」

「まぁ、ご苦労だったたな。明日からは黒子《くろこ》に戻って、しっかり励んでくんな」

そんなやり取りをよそに、願鉄は山盛りの飯を黙々と掻《か》き込んでいる。

と、箸の動きがおもむろに止まった。

廊下を渡る足音がしなくても、微《かす》かな気配まで消せはしない。同じ釜の飯を食って久しい仲間とあれば、尚のこと気が付きやすいものである。

願鉄は無言で立ち上がると、廊下に面した障子を開ける。

「おう、ご苦労だったな」

入ってきた銀六を、亀蔵は笑顔で迎えた。

「お疲れ様にございやす」

米八と呼ばれた三十男も、深々と頭を下げる。

黙って頷く銀六は、八州屋の裏口から中に入り込んだときと同じ装い。上等の絹物をきっちり着こなした姿は堅気の商人そのもので、少々若いが大店《おおだな》のあるじに見えなくもない。

悪党ながらも気品があり、しかも人並み優れた美男と来れば、用心深い女中があっさりと騙《だま》されたのも無理はなかった。

「ううむ、少々疲れたな……」

ひとりごちながら着物の裾をはしょり、どっかと銀六はあぐらを掻いた。色男らしからぬ振る舞いである。

しかも報告をしないどころか、先程から挨拶さえ返さない。

そんな非礼を咎めることもなく、亀蔵は黙って箸を動かす。

配下の中でも銀六は、非情極まりない男。

久しく血を見ずにいると落ち着かなくなるため、せっせと仕事を取ってきては与えてやらねばならないのは金三と願鉄も同じだが、銀六はとりわけ残虐《ざんぎやく》な質《たち》で気分屋でもあるため、亀蔵も扱いにくい。敵に回せば厄介《やっかい》だが、味方につけておくと頼もしいため、少々の無礼など咎めぬのが常だった。

何事も腕が立つからこそ、許されることである。

別行動で江戸に赴かせ、命じた殺しも無事に済ませてくれたに違いない――。

願鉄が注いでやった茶を啜《すす》り、ひと心地付いた様子で銀六は問うてきた。

「客は怪しまなかったか、元締」

「安心しな。みんな米八を本物のお前さんだと思い込んでたよ」

「ふふ。俺の影武者にしては、ちと不細工すぎたのではないか」

「ひどいなぁ、兄い」

身も蓋もない言い方をされて、米八は渋い顔。

「ははは、左様に腐るな」

可笑《おか》しそうに見返すと、銀六は言った。

「吝い元締も、こたびばかりは駄賃を弾んでくれたのであろう」

「そりゃそうですけどね、女から幾らきゃーきゃー言われたところで顔を隠したまんまで声ひとつ出せないんじゃ、蛇の生殺しってもんですよ」

「辛抱せい。そのうちに、お前好みの女を口説いてやるわ」

「ほんとですかい？」

「ああ。床入りする折は舞台と同様、顔を隠してもらわねばならぬが、な」

「やっぱりですかい……」

「細かいことは気にいたすな。早《はよ》う行け」

「お願いしますよ。それじゃ、あっしはこれで失礼しやす」

立ち上がり、部屋を出ていく米八の本来の役目は黒子頭《がしら》。

見世物の舞台の裏を取り仕切るだけではなく、一座の裏の稼業においても若い連中の指揮を執《と》っている。殺しの腕前も看板の三芸人には及ばぬものの、頼りになる存在であった。

「あれでもう少し面《つら》が良けりゃ、ほんとにお前さんの後釜にできるんだけどな」

「無理は望んではなるまいぞ。人にはそれぞれ、分というものがある故な」

「さすが、お武家あがりは言うことが違うなぁ」

「左様に申すな。所詮《しょせん》は浪々と成り果て、長崎まで流れ着いて食い詰めたところを元締に拾われた身である故な。己の分ならば重々心得ておる」

亀蔵に殊勝なことを言いながらも、銀六の態度は相変わらず。

あぐらを搔いて褌《ふんどし》を覗かせ、襟元を拡げた格好のまま、願鉄が注いでやった茶のお代わりを悠然とすすっている。

端正な二枚目だから絵になるものの、だらしない限りである。

これで大名家の小姓あがりなのだから、呆れたものだ。

亀蔵の下で働く三強の殺し屋たちは、いずれも脛に疵《きず》持つ身。

武家の奉公人だった金三は主殺しの大罪人で、元は猟師の願鉄は仲間の女房を無理やり寝取り、揉めた末に一家皆殺しにした逃れ者。それぞれ長崎まで逃げてきて亀蔵に匿《かくま》われ、間垣の手回しによって追っ手から解放された見返りに、忠誠を誓わされている。

そして銀六は小姓組頭を殺害し、出奔した身であった。

人並み優れた美貌が災いして男色の契りを迫られたとはいえ、上役を滅多斬りにして逃げたとなれば追われたのも当たり前だが、当人は何ら省みることなく国許からの追っ手を返り討ちにしながら長崎に辿り着き、身の安全を保証された上で持ち前の残虐さを存分に発揮できる、殺し屋稼業に精を出している。

元締の亀蔵にとっては扱いにくくも重宝する、大事な手駒の一人だった。

飯粒をつまんで口に入れながら、亀蔵は銀六を見やる。

「ところでお前さん、今日は派手にやらかしてきたのかい？」

「ふふ。針も火薬も常より多めに仕込み、毒も塗って投じて参ったよ……元締に名指しされた八州屋の若旦那はもとより、座敷に居合わせた神谷十郎と連れの女中も、まず無事では済まなんだことだろう」

「お前さんの針玉を食らったんならひとたまりもあるまいよ。部屋の中なら尚のことさね」

確信を込めて、亀蔵はうそぶく。

「それにしてもいい気味だぜ。乳母日傘《おんばひがさ》のお坊ちゃん育ちのくせに、くだらねぇ捕物なんぞに血道を上げるだけじゃ飽き足らず、俺を虚仮《こけ》にしやがるから命まで落とす羽目になるんだ」

「元締、これで少しは気も晴れたか」

「もちろんだよ。あの生意気な若造が毒針まみれにされて、苦しみ抜いて往生しやがったと思えば、飯も進むってもんだぜ……おい」

嬉々《きき》としながら亀蔵が差し出す碗を、サッと受け取ったのは願鉄。黙って飯をよそうしぐさは大きな体に似合わず、まめまめしい。

そこに金三が帰ってきた。

風呂にでも行ってきたのかと思いきや、まるい顔は汗まみれ。舞台の衣装でもある唐人服も、背中までびっしょり濡れていた。

「おお、ご苦労さん」

労をねぎらう亀蔵は、委細を承知の様子であった。

「遅かったな。若造どもの始末、手こずったのかい」

「けっ、そういうわけじゃありませんよ」

きぃきぃ声で答えながら、金三はお膳の前に座る。

すかさず願鉄は碗を取り、飯を盛り付けてやった。

「ありがとよ。あー、腹減った」

金三は箸を取り、冷めた味噌汁を口に運んだ。

まずは口の中を塩気で満たした上で、がつがつと麦飯を掻き込む。

「あー、美味《うめ》え……好きっ腹に不味《まず》いものなしってのは、ほんとだなぁ」

食事を堪能しながらも、つぶやく言葉は剣呑《けんのん》だった。

「まったく、近頃の若い奴らは口の利き方がなっちゃいねぇ。河原に連れて行かれて命乞いでもするかと思ってたら、俺のことをどちびの何のってほざきやがるもんで腹が立って、二人とも十文字斬りにしてやったよ」

「あれはお前の奥の手であろう」

口を挟んだのは銀六だった。

「加賀百万石で若党奉公をしておった頃にあるじの上士より手ほどきされ、そのあるじを斬って長崎まで逃げ参ったくせに、何を迂闊《うかつ》な真似をしておるのか」

「けっ。酔っ払ったときの思い出話を、よく覚えてるじゃないか」

「悪いことは申さぬ故、みだりに用いるのは止《や》めておけ」

苦笑する金三に、銀六は続けて言った。

「罪人を吊るして寸断いたすは、加賀前田家にのみ伝わる秘伝の技……役人どもに見つかれば足が付くのは必定ぞ」

「うるせぇなぁ。亡骸《むくろ》は肥溜めにぶちこんできたし、誰が殺《や》ったかなんて金輪際分かりゃしないよ」

「何だ、その無礼な物言いは」

「何だ何だ？　浪人崩れがお高く止まって、俺さまとやるってのかい」

「おいおい、そのぐらいにしておきな」

取りなしながら、亀蔵はにやりと笑った。

「それにしても馬鹿な若造どもだったな。素人が探りを入れて気取られねぇはずがあるまいに……。糞《くそ》まみれにされたってんなら、いい気味だぜ」

と、金三が思わぬことを言い出した。

「そこなんですがね、元締。どうやら指図をしたのは与七っていう八州屋の手代らしいですぜ」

「ほんとかい」

「町方の手先にしちゃ素人すぎるんで、問い詰めたら白状しましたよ。初めは頑《がん》として吐きやせんでしたが、指を三本落としてやったら音を上げやした」

「その手代ってのは、銀六に今日始末をさせた若旦那のお付きだろう。たしかに堅気の奉公人にしちゃ妙に貫禄のある野郎だったが、両国界隈の地回りの若い衆に見張りをさせるたぁ、どういうこった」

「連中が勝手に惚《ほ》れ込んで、兄貴分として持ち上げてたそうでさ」

「それで物好きに、危ねぇ役目を引き受けたのかい。何だか見覚えのある連中が日替わりでちょろちょろしてやがるんで、妙だと思ったんだよな」

「けっ、馬鹿な奴らでござんすよ」

金三は毒づきながら、ばりばりと音を立てて漬け物を嚙む。

ひと足先に食事を終えた亀蔵は、煙草盆を引き寄せた。

取り出した煙管《キセル》は、見るからに高価《たか》そうな銀細工。

火を点《つ》けて悠然とくゆらせたのも安煙草ではなく、上物の国分《こくぶ》であった。

何から何まで吝いわけではなく、遣いどころを心得ているらしい。

煙を漂わせながら、亀蔵は願鉄に視線を向けた。

「待たせたな。次はいよいよお前さんの番だ」

「……承知した」

日頃は滅多に開かぬ口から放つ、声の響きは重かった。

「したが元締、舞台に穴を開けても構わんのか」

「なーに、ちょいと腰でも痛めたってことにすればいいさね。お前さんじゃ代役を立てるわけにもいかねぇし、府中に来てからは毎日子どもらに構ってやってたからなぁ、無理が祟《たた》ったと同情されても疑われはしないだろうさ」

「それは助かる。ガキどもの相手も、そろそろ嫌気が差してきたところだ」

「へへへ。あやすよりも殺《ばら》したくって、うずうずしてたんだろ？」

「よく分かるな」

　表情のない顔で、願鉄は答える。

「実を言えばそのとおりだ。気が付けば首を絞めかけておるのも、しばしばでな」

「まぁまぁまぁ、騒ぎになっても面倒だからな、ガキを殺すのは長崎に帰るまでちょいと辛抱して、代わりに女を一人始末してくんな」

「女か」

「明日ひとっ走り江戸に戻って、早見兵馬の内儀を殺ってくるんだ」

「早見の内儀か……」

「鶴子っていう、なかなかの別嬪《べっぴん》だぜ」

「面体ならば承知しておる。いつか手に掛ける折もあると思うて調べておいたのでな。殺りがいのありそうなちびも居るだろう」

「それなら手間も要らねぇな。とりあえず女房だけをサクッと頼むぜ」

「たしか屋敷を出て、近在の村に居るはずだが」

「へっ、だから都合がいいんだよ」

煙管を片手に、亀蔵はにやりと笑う。

「八丁堀に戻ってからじゃ、早見に邪魔に入られちまって面倒だからな。木っ端《こっぱ》役人とはいえ町方を何人も手に掛けちまうと御用風を喰らいかねねぇし、神谷は八州屋の馬鹿旦那の巻き添えってことで済むだろうが、さすがに与力にまで手を出すのは控えたほうがよかろうぜ。代わりに女房を酷《ひど》い目に遭わせて、揺さぶりをかけてやろうって寸法さね」

「そういうことならば、殺す前に好きにして構わんな」

「いいともさ。煮るなり焼くなりと勝手にしな」

「ふん、武家のおなごは久しぶりだな……」

「あーあー、気の毒なこったなぁ。お前のぶっといのをおっ立てられたら、それだけで往生しちまうことだろうぜ」

目を輝かせる願鉄を見やり、金三がきぃきぃ声で茶々を入れた。

「うむ。飛爪《ひそう》をわざわざ持ち出すまでもあるまいぞ」

尻馬に乗り、銀六も苦笑交じりにつぶやく。

二人して、明らかに喧嘩を売っているかのような口ぶりである。

「やかましいぞ、うぬら」

負けじと願鉄は言い返した。

「二人とも粗末な一物しか持ち合わせていないくせに、何を言うか。世の中には俺のような男に無茶をされるのを喜ぶおなごも存外に多いのだぞ」

しかし、金三は取り合わない。

「けっ、助平野郎がよく言うぜ。その手前勝手な思い込みで、うちの遊廓《みせ》の遊女《たま》を幾つお釈迦《しゃか》にしたのか忘れちまったのかい？」

「昔の過ちを蒸し返すな。だから俺はこうして埋め合わせに、元締の許で働いているのだ。丸山の遊廓《みせ》でも、うぬらより役に立っておるだろうが」

じろりと睨《にら》み付け、願鉄は金三を黙らせる。

「ちっ、面白くねぇなぁ」

「ならば、気散じに飲みに参るか」

不満たらたらの金三にひと声かけると、銀六は腰を上げた。

連れ立って廊下に出ていく二人を、亀蔵は紫煙をくゆらせながら見送る。先程から諍《いさか》いを止めようともせず、涼しい顔を決め込んでいた。

一方の願鉄も杓文字《しゃもじ》を握り、おひつに残った飯を余さず碗に盛り付ける。

難癖をつけられてのやけ食いと思いきや、箸を動かす態度は平然としたもの。

怒っている様子など、どこにも見当たらない。

それもそのはずである。わざと声高《こわだか》に言い合いをし、仲が悪そうに振る舞ったのは、廊下で誰かが盗み聞きをしているのに気が付いたが故のこと。

さりげなく表に出て油断していると見せかけ、後から追ってきたところを返り討ちにするつもりだった。


宿場町の夜が更けゆく中、金三と銀六は倹飩屋《けんどんや》を四軒はしごした。

「どうだ金三、酔い醒《ざ》ましに、ちと川風にでも吹かれぬか」

「そいつぁいいや。あー、いい心持ちだぜぇ」

千鳥足を装う金三は、酒など一滴も口にしていない。離れた席から見張られているのを承知の上で飲む振りをしつつ、つまみの器にすべて流し捨てていたのは銀六も同じであった。

軒提灯に照らされた通りを離れ、二人は南に向かって足を進める。

しばし歩くうちに、多摩川が見えてきた。

河原に立った二人は視線を交わし、おもむろに振り向く。

先に仕掛けたのは銀六だった。

しゃっ。

鋭い音と共に繰り出された縄付きの刃が、生い茂るすすきの穂を切り払う。

唐土《もろこし》の暗器で鏢《ひょう》と総称される飛び等具は、銀六が最も得意とする得物《えもの》。八州屋の奥座敷に放り込んだ仕掛け玉《だま》は惨《むご》たらしく殺すための道具にすぎず、戦うときには この縄鏢《じょう》や、飛鏢《ひ》と呼ばれる棒手裏剣を状況に応じて使い分け、狙った的を仕留める。士分だった頃から手裏剣術を心得ているため覚えが早く、腕の冴えは抜け荷の商いの仲間でもある、長崎の唐人たちが舌を巻くほどであった。

縄鏢による攻めは止まらなかった。

しゃっ、しゃっ、しゃっ。

狙ったすすきが続けざまに切り払われ、身を隠していた茂みが揺れる。

「くっ！」

「やはりお前だったか」

堪《たま》らずに姿を見せた与七を、銀六は冷たく見返した。

「江戸を離れて街道に出たときから、ずっと俺に張り付いておったのは承知していた。騒ぎに気付いて八州屋から追って参ったのだろうが、途中で引き返さなんだのが、ぅぬの不覚よ」

「てめぇ、よくも抜け抜けと……」

「けっ、いい面構えをしてるじゃねぇか」

にやりと笑う金三は、いつの間にか柳葉刀を手にしていた。

「安心しな。すぐに弟分たちのとこに送ってやるから」

「何だと……」

「俺らの話を盗み聞いていたんなら知ってるだろ。二人とも別々の肥溜めにぶくぶく沈んで、二目と見られない様になってるよ。ま、俺に四つ切りにされたときから酷い有り様だったけどなぁ」

「野郎！」

与七は懐に右手を突っ込んだ。

抜き放った喰出鍔《はみだしつば》の短刀は、あるじの勢蔵から授かったもの。新平を護るための一振りに、今は己の怒りを籠めていた。

「こいつぁいいな。大川端でぶった斬ってやった関取よりも、全然強《つえ》えや」

「ふふ、殺るのは少々惜しいやもしれぬ……」

わくわくしている金三に応じて、銀六も笑った。

口にしたのは、思わぬ一言。

「おい若造。命が惜しくば、こちらに付かぬか」

「てめぇ、何をふざけたことを言ってやがる⁉」

「冗談ではない。降参いたさば、元締に口を利いてやるぞ」

「ふざけるない‼」

怒号を上げて与七が突っ込む。

激昂しながらも抜かりなく、敵の刃筋は読んでいた。

カン！

喉笛を狙った縄鏢を打ち払いざま、だっと河原を蹴って跳ぶ。

キーン！

与七は空中で短刀を一閃させ、鋭い金属音が闇を裂く。

両手の利く銀六が、左の袂《たもと》から二本目の縄鏢を取り出しざまに放ってくるのを見越していたのだ。

「やはり惜しいな……」

残念そうにつぶやきながら、銀六は両手で袂を探る。

弾き飛ばされた縄鏢をそのままに、つまみ出したのは二枚の六文銭。先ほどの倹飩屋で受け取った釣り銭らしいが、こんなもので一体何をするつもりなのか。

機敏な動きで、銀六は着地した与七を目がけて六文銭を投げ打った。

ひゅっ、ひゅっ。

ザクッ……。

飛ばす音に続いて聞こえたのは、鋭利な刃が肉に食い込む鈍い音。

「ううっ⁉」

与七が短刀を取り落とした。

右の手首と左足の付け根に、六文銭が深々と刺さっている。

銀六が用いたのは、金銭鏢《きんせん》と呼ばれる暗器。

ありふれた銅銭の縁を研ぎ上げて隠し持ち、周囲の目を欺《あざむ》いて投げ打つことによって衆人環視の中でも暗殺を可能とする、恐るべき一手であった。

もちろん、誰にでも為し得ることとは違う。

手裏剣術の下地を持ち、あらゆる鏢を使いこなす銀六なればこそ六文銭を凶器に変え、一撃の下に致命傷まで与えられるのだ。

どっと噴き出す血を押さえながら、与七は短刀を拾い上げる。

しかし、もはや立ち向かうことは叶わない。

よろめきながら水際まで逃れたところに、金三が襲いかかった。

迫り来る柳葉刀をかわした刹那、体が傾《かし》ぐ。

ばっしゃーん！

水しぶきを上げ、どっと与七は川に転げ落ちる。

大川と比べれば水量の少ない多摩川だが、流れは早い。

たちまち与七の姿は見えなくなった。

「あいやー、仕留めそこねたね」

「大事無い。あの傷では満足に泳げぬだろうし、長くは持つまいよ」

残念そうな金三に、銀六は笑顔で告げる。

「もしも生き長らえたとしても、それはそれで構わぬさ」

「どういうことね」

「ふふ、分からぬのか」

笑みを絶やすことなく、銀六は言った。

「利き腕と軸足《じくあし》がしばらく使いものにならねば、あやつは物の数ではない。体《たい》のさばきも鈍《なぶ》る故、次に相まみえし折にはあれほど身軽に動けぬだろう」

「そこを嬲り殺しにしようってのかい……けっ、相変わらず汚い奴だな」

「ふふ、お互いにな」

回収した二本の縄鏢を左右の袂に落とし込み、銀六は悠然と歩き出す。

狙った的を責め苛《さいな》み、腕の立つ者ならば太刀打ちできぬように得意技を封じた上で、徹底していたぶり殺す。

そんな所業に悦びを覚えるのは程度の差こそあれ、金三と願鉄も同じこと。

まことに許しがたい、外道の三人組であった。

三

一夜明けた江戸は、朝から快晴だった。

「むん！」

澄み切った空気を裂き、八丁堀の組屋敷の庭に力強い声が響き渡る。

気合いも鋭く、早見が木刀を振り抜いたのだ。

傍らでは、新平も素振りに励んでいた。

「はぁ……はぁ……」

息を乱している上に、何もかもなっていない。

振るう上で土台となる腰がまったく据わっていない上、肘が木刀の切っ先より先に落ちてしまっているので、刀勢《とうせい》も何も有りはしなかった。

「おい新の字、そいつぁ何のおふざけだい？」

見かねた早見が歩み寄った。

「ちっとも俺が手ほどきしたとおりにやっちゃいないじゃねぇか。そんなんで数ばかり振ったところで、ただの無駄骨折りってもんだろうぜ。まさか、わざと手を抜いてるわけじゃあるめぇな」

「い、いえ……」

答える新平は腕が震え、もはや木刀を構えるだけで精一杯。意気込む余りに力が入りすぎてしまっている。

剣術とは一朝一夕には身に付かぬもの。基本となる素振りも、容易に為し得ることではない。まして乳母日傘のお坊ちゃんで、頭は切れても体を使うことの苦手な新平が、すぐに上手くいくはずもなかった。

分かっていても、早見は苦言を呈さずにいられない。

「俺は何も無理やり付き合わせてるわけじゃないのだぜ。いざってときに何の役にも立てなかったことが情けねぇ、いちから手前《てめえ》を鍛え直したいって、お前さんから始めたいと言ってきたんだからな。もうちっと気合いを入れてくんな」

「は、はい……」

「まぁ、今朝のところはこのぐらいにしておきな」

「す、すみません……」

「そろそろ腹も減っただろ。早いとこ終《しま》うとしようぜ」

二人は木刀を左腰に取り、作法どおりに礼を交わして朝の稽古を終えた。

「ところで、与七はまだ戻らねぇのかい？」

「はい……今日はこれから、府中宿まで様子を見に行くつもりです。無事で居てくれればいいのですが……」

「そんなに情けない面をするなって。あいつなら、滅多なことでお陀仏《だぶつ》になんかなりゃしねぇよ」

励ましながら手ぬぐいを拡げ、汗をごしごし拭いてやっているところに、玄関から訪《おとな》いを入れる声が聞こえてきた。

「早見さま、お迎えに上がりました」

「おお、いつも面倒かけてすまねぇな」

愛想よく呼びかけつつ、早見は庭から玄関に廻る。

微笑みながら立っていたのは小柄でぽっちゃりした、愛らしい顔の若い女。

おたみと共に神谷家で働く、女中のおとみである。かねてより早見が出仕している間は神谷家と小関家が交代で辰馬を預かり、おたみとおとみ、小関の妻女・敏江がかわるがわる面倒を見てくれていた。

鶴子が相変わらず戻らぬままだからといって、まさか夫婦喧嘩の原因になったおふゆに息子の世話を頼むわけにもいかない。もちろん礼金をきちんと包んだ上のことではあるが、早見は大いに助かっていた。

「おーい、おとみさんが迎えに来てくれたぞ」

「うん！」

呼ばれるのを待っていたかの如く、辰馬がちょこちょこ駆けてくる。いちいち手を焼かせることなく、独りできちんと着替えを済ませていた。

「おはよう、おねえちゃん！」

「おはようございます、辰馬さま」

笑顔で答えるおとみは、年上のおたみには及ばぬまでも家事全般に長《た》けていて料理がとりわけ上手い。自身が食べるのが大好きということもあり、辰馬の食事の世話をこまめに焼いてくれていた。

外見こそ幼く見えるが、気配りもできる。

「あの、早見さま」

「何だい、おとみさん」

「よろしければ、こちらをお召し上りくださいまし」

そう言って差し出したのは、風呂敷に包んだ弁当。

「勝手ながら、朝昼の二食をご用意いたしました。お食事は辰馬さまのぶんだけでよろしいとの仰《おお》せではございましたが、いつも朝餉を召し上がらずに、お昼も出来合いのものばかりでは、お体に障るのではないかと存じまして」

「そんな……大した礼金《もん》も渡してねぇのに、いいのかい？」

「お金《あし》でしたら頂戴しているぶんだけで十分でございます。お弁当をお作りするぐらい大した手間にはなりませんし、辰馬さまはたくさん召し上がってくださるので、私もお相伴のし甲斐《がい》がありますしね」

にこにこしながら答えるおとみの態度に、含むところは微塵《みじん》もない。

日頃から裏表を見せぬからこそ辰馬も懐き、母親が屋敷を長らく空けていても安心して、心身共に毎日健やかに過ごせているのだろう。

「そういや辰馬の奴、ここんとこ丸々太ってきたような……」

「まぁ、まことですか？」

慌てておとみが向けた視線の先では、辰馬が新平と相撲を取っていた。

「さぁ、のこったのこった！」

「ご、ご勘弁くださいまし～」

五つの子どもにぐいぐい押されて、新平は青息吐息。

朝から素振りに励みすぎて疲れきっていたとはいえ、以前は辰馬にじゃれつかれても、ここまで追い込まれはしなかったはずである。

しかも辰馬は妙に腰が据わっており、いつの間に覚えたものか新平の帯を取る手付きも慣れている。

「ううん、いつもながらお強いですねぇ」

「いつもながらってのは、どういうこったい」

「実はその、辰馬さまの相撲のお相手を常々させていただいておりまして」

「おとみさんが、かい？」

「はい……恥ずかしながら、在所の村では大関にございました」

「大関？　お前さんみたいにちっちゃくて、可愛らしい娘さんが？」

「昔はその、今少し……いえ、だいぶ肥えておりましたものですから……」

驚く早見と恥じ入るおとみをよそに、辰馬は新平をどっと投げる。

「やった！　やった！」

小躍りする姿は天真爛漫。

おとみのところに駆けてきて甘える姿も、無邪気そのものだった。

「やったよ、おねえちゃん！」

「まぁ、ずいぶんお強くなられましたのね。でも辰馬さま、大人でも誰彼構わず組み付いたりしちゃいけませんよ。若旦那はお優しいお方ですけど、世の中には子どもが嫌いで酷いことをする人も大勢居るんですから……」

「はーい」

そんな微笑ましい光景を前にしながらも、早見の表情は冴えない。

面倒を見てもらえるのは有難い限りだが、やはり子どもは親が見てやってこそ絆《きずな》が育まれるものである。

これでは、辰馬は鶴子の顔を忘れてしまうのではあるまいか——。

そう思えば、居ても立ってもいられない。

どれほどおとみに懐いていても、このまま任せておくわけにはいかなかった。

先日は八州屋の一件があったためやむなく中止にしたものの、いつまでも日延《ひの》べをしてもいられまい。

（仕方あるめぇ。今日こそ迎えに行くとしようかい）

決意も固く、早見は澄み切った空を見上げる。

華のお江戸は朝から快晴だった。


後の世に高級住宅地となる以前、江戸で長閑《のどか》な地だった場所は意外に多い。

ここ広尾も町奉行所の管轄に一応は含まれているものの、見渡す限りの広大な一帯には田畑が拡がり、秩父の山々を遠くに望む野原では在りし日の吉宗公が鷹狩りを催し、庶民には野花の名所の散策地として人気だった。

この地を流れる渋谷川には、かつて玉川上水を建設した功績で知られる玉川家が大きな水車を設けており、広尾の大水車として地元の名物となって久しい。

しかし寒さの厳しい折には、訪れる者もほとんどいない。

江戸の内とは言うものの市中とは違って周りに建物がほとんど無く、山おろしの冷たい風がまともに吹き付けるとあっては、尚のことだろう。

そんな午下《ひる》がりの広尾の原を独り、黙々と往《ゆ》く若い女人《にょにん》が居た。

着物の上にまとっているのは、裾長《すそなが》に仕立てた綿入れ。

寒がりであるらしく、すっぽりと綿帽子まで被っている。

真綿を薄く伸ばして布海苔《ふのり》で固め、頭を覆う綿帽子は婚礼の衣装の一部として定着する以前、外出するときの埃除《ほこりよ》けや防寒のために用いられていた。未だ独り身のおふゆが普段着のまま被っていたところで、不自然なことなど何も有りはしない。

問題なのは茶店の勤めをわざわざ休んでまで、どうして広尾まで出てきたのかということだったが、その理由を知るのは決意も固く、歩みを進める当人のみ。

びゅうびゅう吹き付ける山おろしに負けず、黙々とおふゆは先を急ぐ。

隠居した両親と共に鶴子が暮らす村までは、もうすぐであった。

鶴子は約束どおり、村外れの社《やしろ》の境内で待っていた。

おふゆが昨日のうちに町飛脚に届けてもらった文《ふみ》を破り捨てることなく、目を通した上で足を運んでくれたのだ。

とは言うものの、鳥居に向けられた視線は険しい。

綿帽子を脱ぎながら歩み寄ってくるおふゆを見返し、迎え撃つかの如く告げる口調もとげとげしい限りであった。

「……一体何のご用なのです？　昼日中から奉公を休んで、こんなところにまで押しかけるとは感心しませんね」

いきなりの喧嘩腰に、おふゆも負けてはいなかった。

「文句を言われる筋合いはないよ。茶店のお勤めなら、旦那にちゃんとお許しをもらってきたんだからね」

「そういうことではありません。ほんとに勝手な人ですね」

とんちんかんな答えを返され、ムッとした顔で鶴子は言った。

「あなたはどうして、わが家にそんなに構いたがるのですか。うちの人に泥棒猫のような真似をするだけでは飽き足らず、私に四の五の言わずに早く帰ってこいとは無礼が過ぎましょうぞ。少しは恥を知りなされ」

「……」

ぽんぽん言い返すと思いきや、おふゆはじっと視線を返したのみ。

しばらく見ないうちに、鶴子はだいぶ痩せていた。

早見が茶店でしばしばのろけ、神谷と小関に冷やかされているとおり、いつも陽気なのが一番の魅力であったはずなのに、すっかり表情も暗くなってしまって痛々しい限りだった。

そうさせてしまった原因が自分にあると思えば、いたたまれない。

　されど、おふゆは強く告げずにはいられなかった。

「……そういうことじゃないんだよ、奥方さま」

「何ですか。はきと申しなされ」

「あたし……おらは何も、早見の旦那をどうこうしようなんて思っちゃいない」

「おやおや、白々しい物言いですこと」

　皮肉な笑みを浮かべながら、鶴子は続けて問いかける。

「ならば何故《なにゆえ》、うちの人に付きまとうのです？　懸想しておらぬのならば無闇に構ったり、足繁く訪ねて参ったりするには及びますまい」

「だからさ、違うんだよ」

　焦《じ》れた様子でおふゆは言った。

「おらには、おとっつぁんがいないんだ」

「えっ？」

「子どもの頃に漁に出たまんま、戻らなくってね……そのおとっつぁんが、早見の旦那にそっくりなんだよ」

「うちの人に……ですか」

「身の丈が六尺近くて、見た目も気性も男らしくって……大きくなったらおとっつぁんみたいな人のお嫁さんになるんだって、ずっと心に決めていたんだ」

そこまで告げるや、おふゆは慌てて言い添えた。

「だからって、夫婦仲をどうこうしようなんて思っちゃいないんだからね」

「……まことですか、おふゆさん」

「当たり前だろ。旦那と奥方さまの仲がこのまま元に戻らなかったら、辰馬ちゃんは一体どうなるのさ？　あんな可愛い子を不幸せにしちゃいけないよ……」

鼻の頭を赤くして震えながらも、口調は真剣そのもの。

もとより計算高いわけではなく、一本気な質なのは鶴子も承知の上。

切々とした口調からも、邪念など感じられはしなかった。

「おらがここまで押しかけたのは、奥方さまのためでも、もちろん早見の旦那のためでもない。辰馬ちゃんのために仲良くしてほしいだけなんだよ」

黙ったままでいる鶴子に、おふゆは続けて語りかける。

「子どもには両親《ふたおや》が揃っていないとだめなんだ。おらがそうだったから、余計に気の毒に思えてならないんだ……」

ぶるぶる震えながらも、おふゆは懸命。

境内を吹き抜ける風は冷たい。

綿帽子を取っているので余計に応《こた》えるらしく、鼻水まで垂らしていたが鶴子は噴き出すこともなく、じっと耳を傾けていた。

「は、はっくしゅん！」

いよいよ耐えがたくなったらしく、おふゆは大きなくしゃみをした。

そっと鶴子は歩み寄り、脱いだ半纏《はんてん》を掛けてやる。

「奥方さま」

「もう十分です、おふゆさん……」

戸惑うおふゆを見返す視線は、もはや怒りの色など帯びてはいない。

告げる口調も、穏やかそのものであった。

「……私はどうやら、心得違いをしておったようですね」

「分かってくれたのかい」

ホッとした様子で、おふゆは微笑む。

しかし、安心するのはまだ早い。

肩を抱いたまま、鶴子は思わぬことを告げてきた。

「されどおふゆさん、あなたも考えを改めなくてはなりませぬよ」

「ど、どういうことさ」

「父御《ててご》に似た殿御に気を惹《ひ》かれるのは、いい加減にお止《よ》しなされ」

「えっ……」

慌てて顔を上げたおふゆに、鶴子は優しくもはっきりと説き聞かせた。

「うちの人に限ったことではありません。代わりを見付けようなどとは、以《もっ》ての外《ほか》とお思いなされ」

「そんなの殺生だよう」

図星を突かれたのか、おふゆが哀れっぽい声を上げる。

それでも鶴子は、語りかけるのを止めようとはしなかった。

「お気持ちは分からぬでもありません。おなごが父御に憧憬《どうけい》を抱くは自然なことですからね」

「どうけいって、何さ」

「憧れのことですよ。何と言うても、生まれて初めて接する殿御なのですからね……もっとも武家では専《もっぱ》ら乳母や子守りに任せ、幼き折に父母と親しゅう接することが少ないのが悲しい限りではありますが……」

「でも、辰馬ちゃんは旦那にも可愛がってもらってるじゃないか」

「それが町方役人の良きところなのです。旗本格とは名ばかりの不浄役人などと悪《あ》しざまに申す輩《やから》も居りますが、武家の堅苦しい格式に縛られずに済んで、私は幸せですよ」

「何だい何だい、のろけかい？」

おふゆが呆《あき》れた声を上げる。

「そんなことを言うんなら、もっと早いとこ帰ってあげたらよかったのにさ」

「ほほほ。余計な真似をされずとも、今日にも八丁堀に戻るつもりでしたよ」

「へん、どうだか」

「まぁ、小娘のくせに生意気な」

ぽんぽん言い合いながらも、女たちの口調は明るい。

表情も共に和らいで、鶴子もいつしか微笑んでいた。

四

しかし、穏やかな雰囲気は突如として掻き消された。

「な、何者っ」

鶴子が慌てた声を上げる。

祠《ほこら》の裏からぬっと出てきた願鉄が、こちらに歩み寄ってくる。

一体、いつから身を潜めていたのだろうか。

「あの、唐人一座の……!? どうして、こんなところにまで……」

訳が分からぬまま、おふゆも鶴子と共に後ずさる。

「大事ありませぬよ」

おふゆが震えているのに気付いた鶴子は、そっと手を握る。

「お、奥方さま」

「何も怖いことはありませぬ。さ、私の後ろに隠れてなさい」

そんな二人を逃がすことなく、願鉄は近間《ちかま》で立ち止まる。

舞台の上では厳《いか》ついながらも凜々《りり》しさのある顔に、今は不気味な笑みを一杯に浮かべていた。

「ふん、これが鴨葱《かもねぎ》というものか。いずれ倅《せがれ》にも後を追わせてやるわ」

「な、何を言うておるのです」

震えながらも、鶴子は気丈に告げる。

「お、おなごだからと侮《あなど》りて、ぶ、無礼をいたすと許しませぬよ！」

しかし、願鉄は平気の平左。

厳つい顔を不気味に歪《ゆが》ませ、舐《な》めるような目で鶴子を見やる。

「姿形もいいが声も堪らぬな。おふゆともども俺に抱かれて、せいぜい良き声で啼いてもらおう。亭主と久しく離れておって、床寂しかったのだろう？」

「な……」

絶句する鶴子に、願鉄は続けて語りかける。

「久しぶりに武家女を好きにしてやるつもりで来たら、両国で海女あがりと評判の茶屋の看板娘まで居るとはな……ふん、盆と正月が一時《いっとき》に来たと言うべきか」

ふざけているにも程がある。

好き勝手なことをほざかれ、いつまでも黙っていられるおふゆではなかった。

「おうおうおう、寝惚けたこと言ってんじゃないよ、このでかぶつ！」

勇ましく一喝を浴びせつつ、後ろ手に鶴子を庇《かば》って前に出る。

だが、健気な反撃も通じてはいなかった。

「ふん、おぬしの尻は攻め甲斐がありそうだ。何なら先に可愛がってやろうか」

「ひっ……」

「これはいい。怯《おび》えた顔が堪らんのう」

巨体を揺らして間合いを詰めながら、願鉄は太い腕を伸ばしてくる。

利那、鳥居の向こうから精悍《せいかん》な声が聞こえてきた。

「てめぇ、何してやがる!!」

「旦那？」

「お、お前さま！」

境内に駆け込む早見は、すでに裃《かみしも》の肩衣《かたぎぬ》を外した臨戦態勢。

隠居所に立ち寄り、行き先を教わってきたのである。

鶴子の怒りがまだ収まっていないのも、両国の茶屋娘からおかしな文が届いていたのも、すべて養父母から聞かされた。

すべては早見の不徳のいたすところ。

文句も愚痴も説教も、この身で余さず受け止めなくてはなるまい。

ともあれ今は、戦うのみ。

意を決して刀の鞘を払うや、だっと早見は斬りかかった。

「ヤーッ！」

勢いの乗った斬り付けを、願鉄は動じることなく迎え撃つ。

放ったのは、跳躍しての蹴りだった。

「うわっ」

堪《たま》らずに、早見は吹っ飛ぶ。

弾みで手の内が緩んだ刹那、刀は願鉄の足元に転がり落ちた。
拾われては万事休す。
しかし巨漢は手を伸ばして奪うどころか、一瞥《いちべつ》さえもしなかった。
鍛え上げた五体そのものが、最高の武器。
そんな自信が全身から漂い出ている。
「くっ」
負けじと早見は脇差を抜き放つ。
眦《まなじり》を決し、片手中段の構えでじりじり迫る。
先に仕掛けたのは願鉄だった。
身を低くして駆け寄りざまに、前蹴りをぐわっと一撃。
斬られることをまったく恐れていない。
脇差まで叩き落とされ、丸腰になった早見のことなど赤子も同然の扱いだった。
「どうした、え?」
嗜虐《しぎゃく》の笑みを浮かべながら、右に左に蹴り転がす。
ここで気を失ってしまえば、鶴子もおふゆもお終いだ。

早見は地面をごろごろ転がり、蹴りの嵐から逃れ出た。

社《やしろ》の境内には飛び石があるのみで、石畳が敷かれていない。

霜柱の溶けた地面は、幸いにもぬかるんでいた。

「野郎っ」

吠えると同時に、ぶわっと投げつけたのは足元の泥。

「ぐわっ」

堪らずに願鉄は顔面をこする。

早見はよろめきながら刀に駆け寄り、サッと拾い上げる。

脇差も拾って左手に握り、二刀の切っ先を前に向ける。

大小の刀は牙の如く、今や早見と一体になっていた。

「来やがれ、でかぶつ!!」

獅子《しし》さながらに放った咆哮《ほうこう》が、境内の冷たい空気を震わせた。

「うおーっ」

負けじと願鉄も吠え猛る。

しゃっ！

早見の振り抜く刀が空を斬る。

ぶおっ!!

願鉄の蹴りが虚空を揺るがす。

「お前さま!」

「旦那ぁー!!」

白熱する戦いを前にして、鶴子とおふゆは絶叫するばかり。

重たい拳が続けざまに、早見目がけて襲いかかる。

何とか耐えつつ反撃しようにも、願鉄は防御も完璧。

左手の脇差で牽制しながら右手の刀で斬りかかれば巧みに避け、かわしざまに肩や肘、手首を目がけて打撃を浴びせてくる。近間から決して離れず、紙一重で刃をかわす足さばきは巨体に似合わず、俊敏極まりないものであった。

「くっ」

早見の焦りは募るばかり。間合いが取れなくては足を前に踏み込み、刀に勢いを載せて大きく振り下ろすことがままならぬからだ。

しかし小刻みに斬り付けても、巧みな足さばきでかわされてしまうばかり。

ならばと刀を押し当て、強引に引き斬りにしようと試みても無駄だった。

左肩口を狙った刹那、六尺を超える巨体が早見の視界から消え失せる。

腰を沈めたと気付いたときには、もう遅い。

丸太の如き願鉄の足が、ぶおっと旋回する。

強烈な足払いを食らった早見が、どっと地べたに叩き付けられた。

「お前さま……」

「旦那ぁ……」

鶴子とおふゆは共に喉を嗄《か》らしてしまい、もはや声も出なくなっていた。

それでも早見は、諦めることなく立ち上がる。

泥まみれになりながら、巨漢を相手に必死で抗《あらが》い続ける。

再び刀を蹴り飛ばされ、脇差を叩き落とされても、抵抗を止めようとしない。

それればかりか声まで振り絞り、鶴子とおふゆに向かって叫ぶ。

「行け……！　早う……!!」

その声を耳にした瞬間、女たちは悟った。

早見は命を捨てるつもりなのだ。たとえ相討ちになってでも、二人を逃がそうとしているのだ。

「嫌です！　お前さまを追いては参れませぬ!!」

「そうだよ旦那ぁ！」

「いいから行け……行かぬかっ!!」

願鉄の重たい拳に耐えながら、早見が叫ぶ。

女たちにも増して嗄れた喉を震わせ、目を見開いて絶叫する。

「鶴子っ、そなたは町方の妻だろう！　両親が一度に空しゅうなってしもうたら辰馬は何とするのだ!?　あの子を頼む……俺のぶんまで、武士らしゅう……」

刹那、早見の体が吹っ飛んだ。

皆まで言わせまいとして、願鉄が蹴りをぶち込んだのである。

「お前さま！」

「行けーっ!!」

早見が猛然と跳ね起きた。

女たちに迫らんとした願鉄に飛びかかり、がっと後ろから腰を抱え込む。

「分かりました……お前さま……」

堪らずに鶴子は言った。

「どうか……ご武運を……」

滂沱《ぼうだ》の涙を流しながらも、動きは機敏。早見を引きずりながら迫る願鉄の腕の下を掻い潜り、嫌がるおふゆの手を引っ張って駆け出した。

「嫌だよう、奥方さまぁ」

「なりませぬ！」

おふゆの頬がぴしゃりと鳴る。

「目が覚めましたか」

「奥方さま……」

「うちの人のお心を無駄にしてはなりませぬ。さ、早う!!」

こくりと頷くおふゆを促し、鶴子は走る。

「それで……いいのだ……」

遠ざかっていく背中を見送り、ふっと早見は微笑んだ。

後を追わせぬためには、何としても時を稼がねばなるまい。

「うぬ、離せ！」

「やかましい……」

息絶え絶えになりながらも、早見は願鉄にむしゃぶりつく。いよいよとなれば喉笛に食らいついてでも、刺し違えるのみだった。

そこに思わぬ新手が現れた。

ひゅっ。

鋭い音と共に飛んできたのは、見覚えのある小刀《こがたな》。

願鉄の目の前をかすめた刃は、後方の木の幹にさくりと突き立つ。

続いて姿を見せたのは新九郎。

黒い長羽織の懐から小刀を抜き取りざま、棒手裏剣の如く投げ打ったのだ。

ひゅっ、ひゅっ。

続けざまに殺到するのを、願鉄は手刀で薙《な》ぎ払う。

しかし、相手は新九郎だけではない。

体勢を立て直した早見は刀を拾い、左腰に取る。

「野郎っ」

横一文字に振り抜く白刃《しろは》が、願鉄の胴に迫り来る。

刹那、地を蹴った巨体が高々と宙に舞い上がった。

「覚えておれ！」

辛くもかわした願鉄は、着地すると同時に駆け出した。

「深追いいたすでない。今はお内儀らが無事であっただけで良しとするのだ」

走り出そうとした早見の背中に、新九郎はとっさに告げる。無茶を止めながらも抜かりなく、弾かれた小刀を一本ずつ探しては拾い集めていた。

「使い捨ててしもうては勿体《もったい》ないのでな。手入れをいたすのも楽ではないぞ」

「お……お前さんは……」

相変わらずの態度だが、今の助太刀は有難い限りだった。

ひと心地付いた早見は、改めて新九郎に問いかけた。

「それにしてもお前さん、どうして広尾まで来なすったんだい」

「おぬしの仲間に聞いたのだ。奥方があの願鉄に狙われておると……広尾の在としか分からなんだ故、探すのに難儀をしたぞ」

「俺の仲間だって」

驚く早見に返されたのは、思わぬ答え。

「与七と申す若者だ。八州屋の若旦那のお付きの手代であろう」

「お前さんが、どうして与七を？」

「昨夜、多摩川を流れておったところを拾うてな……怪我を負うたのを見捨てるわけにも参らぬ故、調布宿から人を呼んで急ぎ運ばせ、手術をいたした」

「しゅじゅつって……あいつ、そんな深手を負ってたのかい⁉」

「金銭鏢という飛び道具の暗器を受けてな、利き手と軸足の筋を断たれておる」

「何てこった……」

「傷は縫い合わせたが、元のとおりに動くかどうかまでは請け合えぬ。そのまま旅籠《はたご》にて養生させてあるから早々に引き取りて、後は浜町河岸のおなご先生に任せることだ」

「そうだったのかい……いろいろ手数をかけちまったみてぇで、すまねぇな」

素直に礼を述べながらも、早見は重ねて問わずにはいられなかった。

「お前さんは一体、どこの誰なんだい。あの手裏剣術の腕前といい、ただの医者じゃあるめぇよ。そもそもどうして唐人一座の奴らを追っていたんだい？」

「おぬしの知ったことではなかろう。私はただの蘭方医だ」

「いつまでもそれだけじゃ埒《らち》が明かないだろう。いい加減に明かしてくれよ」

とぼけようとするのを受け付けず、早見は食い下がった。

「お前さんが長崎から出てきなすったのは、俺だって分かってらぁな。あの一座と何か関わりがあるんじゃねぇかってのも、薄々察しは付いてるぜ。与七のことを助けてくれたのは有難いこったが、たまたまってわけじゃあるめぇ。しばらく江戸から姿を消していたのだって、何か理由《わけ》ありなんだろ」

しかし、新九郎は答えない。

澄み切った青空を無言で見上げ、眩《まぶ》しげに目を細めているばかり。

「まさかお前さん、あいつらの仲間じゃねぇよな?」

早見は懸命に呼びかけた。

「散々やり込められて腹も立ったが、お前さんは大した奴だ。命まで、こうして助けてもらったしな……。それを今さら敵同士なんかになって、やり合いたくはねぇんだよ。なぁ、違うって言ってくれよ!」

問いかける態度は、真剣そのもの。

新九郎は思わず微笑んだ。

「ふっ……おぬしはやはり、役人らしからぬ男だな」

「何を言ってやがる。お前さんだって、ちっとも医者らしくねぇやな」

「ははは、お互いさまということか」

明るく笑うと、新九郎は予期せぬ話を持ちかけてきた。

「おぬし、明日は上野まで出て参れるかな」

「上野だって?」

「寛永寺《かんえい》だ。有徳院さま……八代吉宗公の霊廟《れいびょう》にて、改めて会うといたそう」

「八代さまのお墓だと? どうしてお前さん、そんなとこに」

「おぬしの上役の依田和泉守にも、左様に伝えてもらおうか。下城してから上野に廻ることができる時分まで待ってやる故、俺のことが気になるのであれば直《じか》に確かめに参るがよかろう」

不敵にそう言い置くと、新九郎は踵《きびす》を返した。

去り行く足の運びは、先日に浜町河岸で早見を打ち倒したときと同じく堂々としていて、隙もない。

この底知れぬ自信は、一体どこから来ているのか——。

五

その夜、依田は彩香と役宅の自室で同衾《どうきん》した。

役宅と言っても奉行所とは廊下でつながっており、家族も共に暮らしている。離れた一室でのこととはいえ、同じ屋根の下で不倫を楽しむとは依田も大胆なものだが、これも妻子が彩香を名医と信じて疑わず、お付きの内与力たちも奉行所出入りの優秀な検屍医《けんし》として、そして大事な依田の体調を管理する掛かりつけの医者として、絶対の信頼を預けていればこそであった。

そんな家族と家臣の信頼を逆手に取り、男としての欲望を密かに満たしているのが後ろめたくないと言えば、嘘になる。

しかし彩香との情事は、日々を平穏に過ごす上で欠かせぬ営み。

彼女にとってもそうなのだろうと、依田は考えていた。

不実な男が抱きがちな、都合のいい思い込みではない。

彩香が依田に近付いて、身まで任せているのは目的があってのことだからだ。

（肥後守どのの喪が明ける頃には、儂も腹を括《くく》らねばなるまいな……さもなくば武士である前に、男としての一分《いちぶん》が立つまい……）

紫煙をくゆらせながら、依田は胸の内でつぶやいた。

肥後守とは先月の二十四日に病が癒えぬまま五十二歳で亡くなった、南町奉行の山田利延のことである。

依田は生前の山田から、ある情報を引き出していた。

昨年の夏に南町奉行所が失火と裁きを下し、焼け跡から見付かった一家三人は逃げ遅れての焼死だったと断定された、一件の火事に関する事実である。

吟味方与力に任せることなく、直々に裁きを下すのにこだわった山田は必ずや事の真相を知っているに違いない——。

左様に見なし、脅しをかけてまで白状させた事実を、依田はまだ彩香に伝えてはいなかった。

知れば彼女は暴走し、一家を焼死したと見せかけて斬殺させた黒幕はもとより山田まで復讐の相手と見なして、早々に手にかけていただろう。

故に依田は心苦しくも口を閉ざし、彩香が自分に身を任せてまで探り出そうとしている真相の一端を、未だ明かさずにいたのだ。

すでに体調を悪くしており、長くは持ちそうになかった山田に、せめて安らかに逝《い》って欲しいと願えばこそのことであった。

山田と依田は一歳違い。五十二の若さで不治の病に冒され、苦しみ抜いたことにより、謀殺に加担した報いは十分に受けたのではないか。

そう思うことで、依田は己をごまかしてもいたのである。

しかし、いつまでも伏せておくわけにはいくまい。

年が明けて山田の四十九日の法要に参列したら、その足で診療所を訪ねて事実を伝えよう——そう心に決めていた。

同じ布団で寝ている彩香は、ずっと口を閉ざしたままでいる。

もとより同衾中はみだりに声を上げることなく、黙々と房事に没頭する質《たち》ではあるが、今宵は常にも増して口数が少ない。それでいて求める動きはいつになく激しく、依田は幾度も果てさせられた後だった。

そんな彩香が身を起こしたのは、依田が火皿に煙草を詰め替えようとしたときのことだった。

「吸い過ぎはお体に障りますよ。常々申し上げておりましょう」

「すまぬ。ちと気を静めたくてな……」

「まぁ、あれほどお励みになられても物足りませぬのか」

「いやいや、左様なことではない」

依田は苦笑しながら煙管を置いた。

煙草盆を押しやり、彩香に向き直る。

「そなたこそ、今宵はいつもと違《ちご》うたの」

「いえ。別に変わったことなどありませぬ」

素知らぬ顔で寝返りを打ち、彩香は乱れた襦袢《ジュバン》の襟元をそっと合わせる。

いつも感情を表に見せぬ女が、今はわずかながらも気を乱している。

ほんの微かな動揺であっても、見逃す依田ではない。

新九郎なる男についてはかねてより、早見たちから報告を受けていた。

素性こそ定かではないものの医者として相当に腕が立ち、武芸にも秀でている上に気性も明るい、よほどの好漢であるらしい。

なればこそ、彩香は鼻につくのではないか。

あるいは医者としての技量の差に、焦りを覚えているのかもしれない。

当人に会ってみなくては事の是非など問えまいが、あくまで彩香の側に立ってやらねばと依田は思う。

情を交わした女を庇ってやりたいと願うが故のことなのか。それとも――。

答えを見出す前に、廊下から訪いを入れる声が聞こえてきた。

「よろしいですかい、お奉行」

「早見か……しばし待て」

告げながら、依田はそっと肩越しに視線を送る。

彩香は早くも帯を締め、足袋《たび》まできっちり履いていた。

異性に素足をみだりに見せぬのは、唐土から伝わった女人の嗜《たしな》み。男女の仲の依田なればこそ、すべてを露わにしてくれるのだ。

そう思えば、やはり自分が護ってやらなくてはなるまいと依田は思う。

誰が何を言ってきたところで、その考えだけは改めぬつもりであった。

居住まいを正した依田は、彩香と共に早見を迎えた。

「すみやせんね、お奉行。先生にもとんだ野暮をしちまって……」

恐縮しながら入ってくる早見は、二人の仲をもとより承知の上。

故に彩香も澄ました顔で、依田の隣に座っていた。

「話を聞こう」

告げる依田の態度も平然としている。

しかし、早見の思わぬ報告には戸惑わずにいられなかった。

「寛永寺にて待つ……か」

「どういうことでしょうかね、お奉行」

「罠だとでも思うておるのか、おぬし」

「いや、そういうわけじゃありやせんが……」

「何だ。気付いておることがあらば、遠慮いたさずにはきと申せ」

「……何を申し上げても、お怒りにはなりませんかい？」

「うむ」

「でしたら、畏《おそ》れながら申し上げやす」

意を決した様子で、早見は言った。

「あの新九郎は、どこぞのお大名のご落胤《らくいん》じゃねぇんですか」

「十郎とおやじどのからお聞き及びでござんしょう。吉原田圃《たんぼ》で殺られた勤番侍の亡骸を検《あらた》めさせまいと頑張ってた人吉藩のお歴々が、新九郎が出てきたとたんにあっさり通してくれたばかりか、下にも置かない扱いだったってんですからね……まさか徳川様じゃありますまいが、相当なご身分でもなけりゃ外様とはいえ大名家の江戸家老が、ぺこぺこするはずもねぇでしょう」

「ご落胤となりましょう」

「うむ……」

早見の話を聞きながら、依田はある事実を思い出していた。

吉宗公の側室の一人が男の子を産んだものの命の危険を感じ、故郷の長崎の地に逃れたのは、およそ三十年前のこと。

かねてより早見たちから聞いていたのと、年回りがぴたりと合う。

(有り得ぬ話ではあるまいぞ……)

答えを得るためには、新九郎と会わねばなるまい。

だが、彩香の目の前で即答することはできかねた。

依田はちらりと隣に視線を向ける。

彩香がほんのわずか、目を動かしたような気がした。

要らざる怒りを買いたくはなかったが、やはり気にかかる。

「ふむ、明日の午後か。御城中での御用も繁多である故、ちと難しいやもしれぬの……」

さりげなく腕を組み、依田は悩む振りをした。

と、早見がくすくす笑った。

「もうすぐ今日になりますぜ、お奉行」

「何？」

依田は慌てて床の間に視線を向ける。

在りし日の吉宗公から授かったオランダ製の時計の針は、そろそろ零時——日の本古来の言い方では、子《ね》の刻を示そうとしていた。

「へへっ、ちょいと励みすぎじゃねぇんですかい」

「やかましい。おぬしこそ、気を利かせぬか」

「へいへい、ご無礼をつかまつりました」

「うむ……大儀であったの」

おどけながら退出していくのを見送り、ふっと依田は苦笑する。

たしかに少々、彩香との房事に時を貪りすぎてしまったらしい。

その彩香はすでに立ち上がり、早見に続いて敷居際まで退いていた。

「さればお奉行、私もそろそろ失礼をいたします」

「う、うむ。気を付けて帰るがいい」

「はい。それでは」

折り目正しく頭を下げ、出ていく姿に情事の名残は微塵もない。

乱れた髪も抜かりなく櫛で調え、一人の女から十徳《じっとく》姿も凛々しい名医の姿へと戻っていた。

(常の如く落ち着いておる……)

そう思いながらも、一抹《いちまつ》の寂しさを覚えずにいられぬ依田であった。

それにしても気がかりなのは、新九郎の素性である。

もしも吉宗公の御落胤と称しているのが偽りならば、その場にて成敗しなくてはなるまい。

将軍家の威光を汚す輩は誰であろうと許せはしないし、それは影の御用として命じられるまでもなく果たさねばならない、直参《じきさん》旗本の務めだからだ。

しかし、本物ならばどうしたものか。

それは斬るよりも難しい、切実な問題であった。

過去に起きた天一坊《てんいちぼう》事件がただの騙《かた》りにすぎなかったのを思い起こせば、早々に事実と決め付けるわけにはいかない。

年回りが合っており、長崎にも縁があるらしいというだけで本物の御落胤だと思い込むのは早計だろうし、萬年屋一味と裏でつながっている可能性が皆無とも言い切れまい。

ともあれ答えを出すのは、この目でしかと確かめた上のことである。

明日は下城して早々に、上野まで独りで赴くとしよう。新九郎はもとより早見からも気取られぬように、遠間《とおま》から面体を検めるのだ――。

残り香の漂う布団に横たわり、依田は静かに目を閉じる。

行灯《あんどん》の芯《しん》を一本だけにした仄暗《ほのぐら》い部屋で、動いているのは床の間の時計のみ。

かちかちと時は刻まれ、すでに日付が改まっていた。

六

上野の寛永寺には芝の増上《ぞうじょう》寺と並んで、歴代の将軍たちが葬られている。

日光東照宮に祀《まつ》られた初代家康公、同じ日光山中の輪王《りんのう》寺に眠る三代家光《いえみつ》公は別として二代秀忠《ひでただ》公、六代家宣《いえのぶ》公、七代家継《いえつぐ》公は増上寺。一方の寛永寺には四代家綱《いえつな》公と五代綱吉《つなよし》公、そして八代吉宗公の霊廟が設けられていた。

木漏れ日の下、新九郎が立っていたのは最も新しい、八代吉宗公の霊廟前。

「む……」

お忍びで足を運んだ依田は、木立の陰で絶句していた。

編笠の覗き窓から見届けた新九郎の顔は紛れもなく、亡き吉宗公と瓜二つ。

冬の陽に明るく映える、涼しげな目元が特に似ている。

しかし旗本格でも将軍への拝謁を許されず、在りし日の吉宗公を知らぬ早見に
そんな察しなど付きはしない。

依田が密かに見ていることにも気付かぬまま、霊廟の前で新九郎に怪訝《けげん》そうに
問いかけていた。

「昨日も尋ねたことだがお前さん、どうしてこんなところに来たんだい。上野で
会おうってんなら、他にも幾らだって場所はあるだろう」

「ふっ、子が父親の冥福《めいふく》を祈るは当然のことであろうぞ」

「ち、父親だって？」

「左様」

答える態度は平然としたもの。

返す早見の視線が、たちまち鋭くなった。

「……冗談だったら、そのぐらいで止めときな」

鋭く告げながら、両手を体側《たいそく》に下ろしている。

これ以上の無礼を働くようであれば、斬り捨てるつもりなのだ。

軽輩とはいえ将軍家の直参として、それは当然の反応であった。

「やはり信じてはもらえぬか」

動じることなくつぶやきながら、新九郎もすっと小脇差に手を伸ばす。

応戦するつもりかと思いきや、鞘のままで帯前から抜き取った。

「疑われるのも致し方あるまい。されば、これを見てもらおうか」

告げると同時に鯉口を切り、示したのは鎺《はばき》。

「あ……」

刀を抜きかけた格好のまま、早見の顔が青くなった。

鎺元の金具に彫られていたのは、見紛《みまが》うことなき葵《あおい》の御紋。

「そいつぁ……ほ、本物……なんでございますかい？」

「ふっ、ようやっと信じてくれたか」

新九郎はにっこり微笑む。

鯉口を締めるのもそこそこに、がばっと早見はひれ伏す。

それより早く、依田も木陰で平伏していた。

顔を伏せていても、新九郎の視線が感じられる。

しかし向けられたのは敵意ではなく、涼やかな気配のみ。

もとより悪意など、微塵も漂っては来なかった。


穏やかに降り注ぐ木漏れ日の下で、新九郎は早見にすべてを明かした。

「風間《かざま》新九郎と申すのは本名だ。風間は母方の姓でな」

「ははーっ、左様でございまするか」

「そう馬鹿丁寧にせずともよい。気味が悪いではないか」

「も、申し訳ございませぬ」

「いちいち謝るにも及ばんぞ。今少し、楽にしてくれ」

「ははーっ、しかと心得ました」

「やれやれ、おぬしは骨の髄まで直参なのだな……」

かしこまって答える早見に、新九郎は苦笑を返す。

「まぁ、余もおぬしたちがそのような質であればこそ、事を頼もうと思い立ったのだがな」

「たち？　それがしはただいま一人にございますが」

「ははは、後から伝えてくれということだよ」

明るく笑うと、新九郎は続けて語った。

「さて、どこまで話したかな」

「唐人一座の素性にございます。萬年屋亀蔵とその配下はかねてより長崎の地で暗躍せし、闇の一党とか……」

「どういう意味なのか分かるか、おぬし」

「察するに、裏で殺しを請け負うことを生業《なりわい》としておるのでしょうか」

「つまりはそういうことなんだが、ただの裏の稼業人でもないから厄介でな」

新九郎は静かに語った。

「そもそも長崎は乙名、江戸で言う町名主の力が大層強く、奉行といえども抑えきれぬほどなのだ。自ずと間垣兵部の如く裏にて手を結び、ただでさえ多すぎる余禄の他にもたんまり賄賂を稼いで、江戸に錦を飾るのが当たり前という悪しき風潮になっておるのは、おぬしも承知の上だろう」

「そのことならば存じております。噂によると間垣の貯め込んだ総額は実に一万両とか……幾ら何でも、べらぼうに過ぎましょう」

「それが有り得ぬことではないから質が悪いのだ。何しろ間垣は萬年屋の後ろ盾……いや、同じ穴の狢《むじな》だったのだからな」

「どういうことでございますか、若さま」

「若さまは止めてくれ。俺は表立っては名乗れぬが、上様の弟ぞ。歳もおぬしとさほど変わらぬ故な」

「されば、弟君《ぎみ》さまではいかがでしょう」

「それも何だか、子どものようでくすぐったいな。やはり新九郎で構わぬよ」

「畏れながら、新九郎さまと呼ばせていただきます」

慇懃《いんぎん》に一礼すると、早見は続けて問いかけた。

「して新九郎さま、間垣が亀蔵と同じ穴の狢との仰せは一体……？」

「その話をする前に、乙名衆のことを少し教えておこう」

立つように手で促しつつ、新九郎は早見に語った。

「長崎は江戸と違《ちご》うて町の数が少なくてな、七十七町に丸山遊廓の傾城《けいせい》町二つを足した七十九町に、乙名がそれぞれ一人ずつで七十九人……唐人屋敷とオランダ商館の在る出島を預かる乙名が都合六人居るから、合わせて八十五人だな。その八十五人が奉行の下でさまざまな御用を仰せつかり、町人の身でありながら長崎の地を取り仕切っておる。萬年屋の亀蔵はその一人でな、乙名衆を牛耳《ぎゅうじ》る裏の顔役でもあるから始末が悪いのだ。地元であやつに敵《かな》う者は、まず居らぬな」

「殺しの元締が、町名主たちの顔役ですと？」

「ただの殺し屋には非ずと申したであろう。乙名同士が揉めた折には、より多くの金を積んだほうに加勢し、相手を消してしまうのが常のことでな……表向きは傾城町の乙名の一人に過ぎなくても、裏で睨《にら》みを利かせておるのだ」

「左様な悪業を間垣は見逃していたのですか」

「殺しを見逃すどころか、揉み消し役まで買って出ていたよ。悪しきつながりに気付いた目付まで自害に見せかけて、亡き者にしおってな。すべては萬年屋から分け前に与《あずか》りたいがため……、まさに金の亡者だったよ」

「畏れながらそこまでご存じであらせられながら、どうして今まで」

「江戸表に訴え出なかったんだと言いたいのかい？　そいつは無理な相談だよ」

新九郎は苦笑した。

「将軍の弟と言うても、俺は日陰の身に過ぎぬ。兄上に会おうとひとたび名乗り出れば幕閣ばかりか大奥まで波紋が広がり、下手をいたさば口封じに刺客を差し向けられるやもしれぬのだ」

「そんなご無体な……」

「その無体を通さずにはいられぬのが上つ方の業なのだと、死んだ母上が言っていたよ。上様とは畏れながらお互いに愛し愛されてお前に恵まれたけれど、本来ならばすべては有り得ぬ話。よくも余計な子を産みおってと、鬼より恐い大奥のお偉方から睨まれて、亡き者にされかけたのも無理なきこと。上様からの格別の思《おぼ》し召しによって長崎まで逃がしていただけたのが、せめてもの救いであったと……な」

余りのことに、早見は返す言葉もない。

木立の陰で耳を澄ませる依田にとって、それは心当たりのある話だった。

三十年前の吉宗公は四十《しじゅう》前の、まだまだ血気盛んなお年頃。

当時二十一歳の依田はまだ小姓の御役に就く前だったが、吉宗公には十四歳で初めて拝謁したときからなぜか気に入られており、御城から抜け出すたびに供をして市中をあちこち案内する、内密の御用を仰せつかっていたものである。

そんな折の吉宗公は刀も帯びず遊び人に身をやつし、五年前に八代将軍の職に就いてから推し進めてきた、幕政改革の成果を自ら見聞すべく町中を歩いて廻る一方で新しもの好きの本領を発揮し、興味の赴くままに本石町三丁目の長崎屋にまでしばしば出向いては、蘭学者たちと交誼《こうぎ》を結んだ。

しかも御城中での謁見は御簾《みす》越しで、将軍としての素顔をよく知られていないのをいいことに逗留中のカピタンやオランダ商館員まで口説き落とし、お付きの通詞《つうじ》を介して西洋のさまざまな話を引き出しては喜んでいたのも懐かしい。

万事は吉宗公の素性を知る長崎屋のあるじの計らいだったが、そこまで異国の人々と肩書き抜きで親しくなれたのは、若き将軍の人徳の成せる技と言えよう。

（思えばあの頃の上様は、お忍びの折に新九郎と名乗っておられたな……ご幼名の新之助では紀州藩主だった頃を知る者に悟られるやもしれぬ、これは城中での尽きぬ気苦労の憂さ晴らしでもあるのだから、仮の名前は苦労知らずの新九郎がよかろうと仰せになられて……儂も青二才であった故、突拍子もないお振る舞いには毎度《まいたび》気が気ではなかったものよ……）

そんな吉宗公が心を奪われたのが、カピタンの江戸参府に随行していた通詞の見習い娘だった。

美しくも聡明で物怖《ものお》じせず、何事も臆することなくズバリと告げる、周囲には居ない類《たぐい》の女人にすっかり魅了された吉宗公は長崎屋を通じて手を回し、大奥に召し出した。

かくして恐る恐る御城に上がった娘は、憎からず想っていた遊び人の新九郎が実は八代将軍だったと知るに及んでまずは仰天、次いで歓喜し、吉宗公との間に愛を育んで、元気な男の子を儲《もう》けるに至ったのである。

しかし権謀術数の渦巻く大奥は、長崎で大らかに育った娘にとっては、決して居心地のいい場所ではなかった。

嫌みを言われたり意地悪をされるだけならば、まだ耐えられもしただろう。

だが、命まで狙われてしまってはどうにもならない。

新参の身で側室となり、早々に懐妊して男子を産んだことが災いして身に危険が及び始めた母子を守るため、吉宗公は泣く泣く手放すことを決意。生まれ故郷に落ち延びさせたのだった。

幸いにも長崎は、日の本で唯一の海外に開かれた地だけに進取の精神に富んでいるため、女が店を構えて商いを営んだり、職を持って自立するのが当たり前の土地柄である。

晴れて通詞として独立した娘は、父譲りの豪胆さと母譲りの利発さを併せ持つ吉宗公の息子を独りで育てながら、無事に暮らしていると依田は以前に耳にした覚えがあった。

（たしか若さまは医術の道に進まれたとの由《よし》であったが、まさかこれほどまでに亡き上様に瓜二つとは……な）

改めて納得する依田をよそに、新九郎は話の続きをしていた。

「つまり俺は捨て童子。葵の御紋の護り刀を授かっては居るものの、世に出てはならぬ身の上なのだ。もしも迂闊な真似をいたさば、かの天一坊の如き騙りと決めつけられて、罪に問われるがオチであろうよ」

「されば何故、江戸までお越しになられたのですか？」

「兄上が御命を狙われておると知ったからには、致し方あるまい」

「えっ……」

「萬年屋亀蔵は畏れ多くも上様を亡き者にせんとする、悪しき企みの片棒を担ぎおったのだ。腐れ縁の間垣に、仲立ちをさせた上でな」

「そいつぁ、ほんとのことなんで……？」

「江戸に出て参ってからいろいろ調べて、裏は取った。黒幕が水戸《みと》か、それとも尾張《おわり》なのかは未だ判然といたさぬが、これは間違いのう御三家の謀《はか》りしこと……そして裏には兄上の政《まつりごと》を快く思わぬ、幕閣の一部の思惑もあるはずだ」

「その腐れ外道どもが間垣を使って、長崎から亀蔵を呼び寄せたんですかい」

怒りに我を忘れた早見の口調は、いつもの伝法なものに戻っていた。

咎めることなく、新九郎は言葉を続ける。

「そこでおぬしたちに頼みたい。その刀を昨日の如く牙《きば》に変え、あやつらの罠を嚙み破ってはもらえぬか」

「牙……ですかい」

きょとんとする早見に、新九郎は告げた。

「あの折のおぬしの戦いぶりは、まことに見事なものであったぞ」

「滅相もございやせん。みっともねぇ姿をお見せしちまった上に、御自ら助けていただいちまって」

「いや、あれでいいのだ」

恥じ入る早見に、新九郎は続けて言った。

「相手がどれほど強かろうと臆さず、形《なり》振り構うこともなく、ただただ愛する者を護るために戦《たたこ》うたおぬしの刀さばきは、まさに牙を振るう虎狼《ころう》の如くであった……男たる者、ああでなくてはなるまいぞ」

新九郎は真剣そのもの。

続けて問いかける口調も、真摯《しんし》なものだった。

「したが早見、おぬしは男である前に武士、それも直参であるな」

「もとより左様に心得て、御用に日々努めておりやす」

「されば重ねて頼む。こたびは兄上を護るため、その刀を牙に変えてくれ。これはおぬしらなればこそ、任せたきことなのだ」

「新九郎さま」

「萬年屋の配下は獣にも等しき連中ぞ。もとより尋常な勝負に応じるはずなき輩なれば、ただの剣客では太刀打ちできぬ。兄上の御意《ぎょい》を汲《く》み、幾多の外道を葬り去って参った、おぬしらでなくば倒せまい」

「俺たちの刀だったら、奴らに通用するってことですかい」

「私は左様に見込んでおる。攻めるだけでなく、護るために死力を尽くして戦うことを知っておるおぬしと、その仲間たちならば、な……」

　確信を込めて、新九郎は告げる。

「侮《あなど》れぬ連中が相手だけに鍛え直してもらわねばなるまいが、牙も刀も、磨きをかけるほどに強さを増すものだ。それにおぬしらは奴らと違うて己が強さに慢心せず、仲間内で助け合うことも疎《おろそ》かにはしておらぬ。必ずや悪しき者どもを嚙み伏せて、わが兄上を救うてくれると信じておるぞ」

「牙も刀も、か……たしかに、そういう気構えで挑まなくっちゃなりますまいね」

決意も固く、早見はつぶやく。

そこに、雪駄《せった》履きの足音が聞こえてきた。

「お奉行⁉」

「気付かなんだか。未熟ぞ、早見」

驚く配下を一言叱ると、依田は新九郎に向かって跪《ひざまず》く。

「ご無礼とは存じながら、お話はしかと拝聴いたしました」

「いつ出てくるかと待っておったぞ、和泉守」

「恐れ入ります」

微笑む新九郎に、依田は重ねて頭を下げる。

「ご下命の儀、謹んでお受けつかまつります」

「かたじけない」

白い歯を見せて告げると、新九郎は薬籠の口を拡げた。

「長崎を発った折には五十両あったのだが、あれこれ遣《つこ》うてしもうたのでな……」

苦笑しながら取り出したのは、十四枚の享保小判。

在りし日の吉宗公が幕政改革の一環として命じた貨幣改鋳において、含まれる金の量を減らすのではなく増やすことにより、公儀への信頼を取り戻さんとした良質の小判である。

「そのほうらの頭数は、たしか七人であったな。二両ずつでは不足やもしれぬが納めてくれ」

「有難く、頂戴つかまつります」

厳かに一礼して両手を差し伸べ、依田は小判を受け取る。

そんなやり取りの一部始終を、彩香は黙って見つめていた。

依田が身を潜めたのとは反対側の一角で、話を聞いていたのである。

男たちの対話に割り込んで、野暮を言うつもりはなかった。

依田が亡き吉宗公の墓前において受けた、影の御用。

それは女が立ち入ることを許されぬ、牙を持つ男たちの戦いの始まりだった。

七

翌日、登城した依田は午後から中奥に足を運んだ。

渋る田沼を拝み倒して、家重公の許に案内させたのである。

人払いをしてもらった上で御小座敷に入った依田は、家重公に向かって折り目正しく頭を下げた。

いつもならば通訳をするだけでは飽き足らずに嫌みを言ってくる田沼が、今日はなぜか大人しい。

そればかりか脂汗をだらだら流して、腰までもじもじさせていた。

見かねた家重が、何事か田沼に囁《ささや》く。

「ははーっ、ま……まことにかたじけのう存じ上げ……まする……」

うやうやしく言上しながらも田沼の声はかすれ、顔は真っ青。

大奥で人気の細面《ほそおもて》も、これでは台無しだ。

「何処《いずこ》へ参るのか、主殿頭どの」

「す、すまぬ……か、厠に行かせてくれ……ぶ、武士の情けだ……」

「御意を得たのであれば否やもあるまい。さ、早々に参られよ」

「か、か……かたじけない……」

迫り来る尿意を堪《こら》え切れず、よろめきながら田沼は御小座敷から出て行った。

見送る依田は家重公には見えぬように、にっこり片頬を緩ませる。

面の皮の厚い若造をここまで取り乱させたのは先程、町奉行の御用部屋で押し問答をしながら飲ませた茶の効き目。

茶坊主から運んできたのを自ら受け取り、田沼に勧める前に一服盛ったのだ。

(さすがは彩香ぞ。儂が調合したものより効くのが早いわ)

ともあれ邪魔者はいなくなり、これで家重公と二人きり。

依田はずばりと話を切り出した。

「畏れながらお尋ね申し上げます」

「………」

「風間新九郎と申す医者、上様の弟君であらせられるのではございませぬか」

家重は無言で見返した。

言葉など発さずとも、目で示した答えは是《ぜ》――正解であった。

続けて依田は言上する。

「こたびは弟君から、影の御用を仰せつかりました」

「……」

「上様を弑《しい》せんと企む痴《し》れ者どもが蠢《うごめ》き始めました。狙いは来《きた》る二十日の寛永寺への御成《おなり》……有徳院さまの御命日のご参拝の折かと存じまする」

あれから新九郎と話を重ね、至った結論であった。

祥月《しょうつき》を含む歴代将軍の命日には、現役の将軍もしくは代参の者が菩提寺にて祈りを捧げるのが習いである。

家康公と家光公については数年に一度の日光御参拝の折に限られるが、増上寺と寛永寺であれば足を運びやすい。

吉宗公が亡くなったのは二年前、寛延四年（一七五一）の六月二十日。

つい半年前に三回忌の法要を催したばかりだったが、家重公は月命日にも老中や大奥の御年寄らに代わりを任せることなく、欠かさず足を運んでいる。

家重公の暗殺を目論《もくろ》む悪党どもは、その日を狙うに違いない。

先月の二十日はちょうど両国広小路の見世物小屋を畳んだ当日で、亀蔵たちも思うようには動きが取れなかった。

ならば今月こそは満を持し、仕掛けてくるのではあるまいか。

警戒の厳しい江戸城中には、畳替えなどの機会に乗じて侵入を試みたところで無駄なことであろうし、たとえ目的を遂げても生還は望めない。

新九郎の見立てによると、亀蔵と配下の殺し屋たちは絶対に勝てる勝負にしか手を出さない連中であるという。

金にがめついばかりか、己《おの》が命も惜しいのだ。

そんな下賤な輩が、かの始皇帝《しこうてい》を狙った荆軻《けいか》の如く、一命を捨ててまで大事を成そうとするはずはない。

とすれば家重公が御城外に出てくる、吉宗公の御命日に狙いを絞るは必定。

江戸城から寛永寺に至るまでの御成道で仕掛けるか、あるいは上野の山に入るのを待ち受け、悪しき牙を向けてくるに相違あるまい。

依田は左様に判じた上で、家重公に相談をもちかけたのだ。

それは主君に対し奉り、無礼の極みと言われても仕方のない提案であった。

「つきましては、上様に謹んでお願いの儀がございます」

「……………」

「寛永寺への御成《おなり》、常の月の如くになされますよう……」

そこまで依田が言上したとたん、部屋の襖が開かれた。

「ならぬならぬ、なりませぬぞ！」

金切り声を上げたのは田沼。

やけに戻りが遅いと思ったら、盗み聞きをしていたらしい。

「和泉守どの、何を埒もないことを申されるのか！　畏れ多くも上様を餌《えさ》にし奉《たてまつ》り、賊を誘い出そうとは……」

細面に血を上せ、田沼は叫ぶ。

家重公は無言で立ち上がった。

ぽかり。

「う、上様……」

いきなり頭をはたかれて、田沼は絶句。

痛みを覚えるよりも驚きのため、呆然《ぼうぜん》とするばかりだった。

構うことなく、家重公は依田に視線を向ける。

こたびの答えも、やはり同じであった。

その頃、早見は本郷の加賀藩邸を訪れていた。

加賀百万石の前田家は、将軍家とのつながりも深い。それほどの名家が新九郎の口利きで動き、腕利きの士を引き合わせてくれたのである。

日比野光太郎《ひびのこうたろう》という上士は早見とさほど歳の違わない、爽やかな青年だった。

それでいて、剣の腕は家中でも指折りであるという。

新九郎が取り計らったのは、早見にある剣技を覚えさせること。

正しく言えば、その技を悪用して憚《はばか》らずにいる金三を倒すため、必殺の一手を会得する手助けをしたのである。

「その金三なる者はそれがしの朋輩《ほうばい》を殺害し、逐電せし若党でござろう……軽輩なれど才を認めて格別に習い覚えさせせし唐竹《からたけ》割りを悪事に用いておるとは、許しがたき限りにござる。願わくば直々に出向いて成敗したきところなれど、家中の縛りは厳しきもの……謹んで、貴殿にお頼み申し上ぐる」

そう言って、日比野が早見に伝授したのは十文字斬り。

加賀藩において重罪人にのみ執行される生き胴試しは、高度な刀と体のさばきが必要とされる技。

中でも日比野の一族は、代々の当主が手練揃いであるという。

技の伝授は広大な藩邸の一角で、人払いをした上で行われた。

早見ほどの遣い手であれば見取り、すなわち見学をさせるだけで事足りる。

もちろん誰にでも見せられるものではなく、新九郎の計らいなくして有り得ぬさせられずにいられぬものだった。

加賀百万石の要《かなめ》たる上士の嗜みとして受け継がれてきた技は、早見をして瞠目《どうもく》
気合いも鋭く十字に振り抜く太刀筋を、早見は眦《まなじり》を決して見届ける。

「むん！」

話であった。


早見が鍛錬に励む中、神谷も技を錬るのに余念がなかった。

夜が更けても組屋敷の庭に立ち、黙々と棒手裏剣を投じることを繰り返す。

夜毎の稽古に付き合ってくれたのは、おたみ。

「旦那さま、どうぞ」

「参るぞ」

意を決し、神谷は続けざまに打ち放つ。

カンッ！

キーン!!

鋭い音と共に、おたみの小太刀が飛剣を左右に弾き飛ばす。

驚くほどの腕前だった。

ひとしきり励んだ後、おたみが丸い玉を持ってきた。

雁皮紙を貼り合わせた玉は針と火薬が詰まっていないことを除いては、銀六が罪なき幾多の命を奪った凶器と瓜二つ。

「参ります」

「うむ」

神谷は力強く頷き返す。

夜毎の鍛錬は、阿吽《あうん》の呼吸なくしては成し得ぬこと。

そして互いに相手を想えばこそ、挑めることでもあった。


一方の小関は吉原で面番所詰めをしながら、周囲の目を盗んで腕を磨くことに余念がなかった。

と言っても、柔術の稽古をしていたわけではない。

大門脇の会所で日がな一日、手離さずにいたのは三尺の棒。

出入りする遊客たちに目を配りつつ、ふと思い出したようにずんと繰り出しては脇腹を突く。

と言っても、掏摸《すり》やかっぱらいと見なしてのことではない。

「痛いじゃねぇですか、旦那ぁ」

「すまねぇな。帯の締め方がだらしねぇのが気になってなぁ」

「こいつぁわざとしどけなくしてるんでさ。野暮を言わねぇでおくんなさい」

「そうだったのかい。すまねぇ、すまねぇ」

そんな調子でつまらぬ難癖をつけては、不興を買ってばかりいた。

曲者を捕らえるつもりならば六尺棒にするであろうし、傍目には遊んでいるとしか見えてはいない。

「またやってなさるんですかい……旦那も暇でござんすねぇ」

「ははは、お前さんたちのおかげで楽をさせてもらってるよ」

廓《くるわ》を護る四郎兵衛会所《しろべえかいしょ》の若い衆に小馬鹿にされても、小関は平気の平左。

暇潰しにしても少々冗談が過ぎる真似を、毎日懲《こ》りずに繰り返していた。

八

二十日は朝から曇天《どんてん》だった。

ただでさえ出かけるのが億劫《おっくう》な空の下、江戸城の神田御門を後にした家重公の一行は、寛永寺に至る御成道を黙々と進み往く。

江戸城から北東へ向かって進む沿道は、しんと静まり返っている。

寒い最中というのに、一筋の煙も見当たらなかった。

将軍が城下に御成の際には町じゅうで火を使うことが禁じられ、余計な物音も立てることなく、家の中で大人しくしていなくてはならないからだ。

静寂に包まれた町を幾つも抜けて、神田川を越えた一行は上野広小路に出た。

いつもは両国に劣らぬ人気の盛り場も、今は芝居や見世物の小屋がすべて取り払われ、火除地本来の姿に戻っていた。

広小路から下谷、山下と来れば、寛永寺は目の前だ。

止まることなく、一行は山道を登っていく。

と、先頭の供侍がぐらりとよろめく。

山中に潜んでいた何者かが、木陰から鏢を投げ打ったのだ。

飛鏢を投じたのは、黒子の一団を従えた米八。

「出会え、出会え！」

「御乗物をお護りいたせ！」

すかさず抜刀し、応戦する態勢を取ったのは小十人組。

若く屈強な旗本たちで編成された、将軍の警固の要である。

負けじと米八は柳葉刀の鞘を払う。

他の黒子たちも同じ得物を引っ提げ、一斉に木陰から走り出る。

「みんな、抜かるんじゃねぇぞ！」

米八が勢い込んで下知《げち》したのは、兄貴分の銀六らがすぐに呼応して現れるのを期してのこと。

だが、戦いが火蓋を切っても一向に姿は見えない。

「どういうこったい、八っ」

「このままじゃ持たねぇぞ！」

「お、俺に言うんじゃねぇや‼」

動揺を隠せぬ米八が、ずんと斬り倒される。

本命の三強が駆け付けぬうちに、黒子の頭数は減っていく。

無残な有り様を金三は木立の陰から、にやつきながら眺めていた。

「けっ。お前たちは露払いの役に立ってくれりゃ、それでいいんだ」

と、横から怒りの声が聞こえてきた。

「それが本音か。腐れ外道め！」

怒号を上げる早見の装いは、御成先御免の着流しと黒羽織。

袢姿では動きにくく、さりとて影の御用のいつもの装束では目立つため、警固の同心たちに紛れ込んでいたのである。

「どうせおめーらのこったから一人ずつ動いてやがるに違いねぇと思って、俺らも分かれて張り込んでたのよ。残念だったなぁ、ちび助」

「ち、ちびだと？」

「身の丈のことじゃねぇよ。おめーの腐りきってる上に縮こまってる、肝っ玉を言ってんのさ」

早見の言葉は、あからさまな挑発だった。

「刺客なら荆軻《けいか》をちったぁ見習って、正面から乗り込んで来いよ。それとも夜の闇に紛れて人目を逃れながらでないと襲えねぇ、臆病者なのかい？　若党だった頃のご主人も、そんな卑怯な手で殺りやがったそうだな」

「けっ！　ほざくんじゃねぇよ、でかぶつ!!」

舌打ちをしながら金三は石畳《いしだたみ》を蹴り、ぶわっと跳ぶ。

小さな体を鞠《まり》の如く回転させつつ、柳葉刀を振りかぶる。

勢いの乗った分厚い刃を、早見は真っ向から迎え撃った。

ギーン！

キンッ!!

金属音が続けざまに響き渡る。

金三の動きに遅れることなく、刃を合わせたのだ。

「お前、やるな」

十文字斬りを防がれながらも、金三は笑みを浮かべたままでいる。

持ち前の機敏な体さばきに、いつまでも付いてこられるものではない。早見の動きが一瞬でも遅れた瞬間に、勝負は付くはずだった。

と、金三の笑顔が凍りつく。

手にした柳葉刀が、どっと砕け散ったのだ。

早見は防御するために、刃を合わせたわけではない。

敵の得物を使えなくしてしまうのが、真の狙いだったのである。

「ひっ、ひいっ」

「ここが地獄の一丁目だ！　とっとと奈落に堕ちやがれ!!」

怯えた声を上げるのを許すことなく、早見の一刀が十字に走る。

得意の一手を逆に浴びせられた刹那、金三の浅ましい悲鳴も掻き消えた。

銀六の行く手には、神谷が立ちはだかっていた。
「ふふ、生きておったのか」
不気味に笑うのを黙って見返す、神谷の顔に表情はない。
しかし、両の瞳は激しい怒りに燃えている。
幾人もの無辜の民を惨たらしく死に至らしめた、この外道は許しがたい。
皆の分まで意趣返しをしてやらねば、気が済むものではなかった。
そのやり方は、すでに見出してある。
今日の神谷は早見と同様、御成先御免の着流しに黒羽織。
帯びた二刀は斬るよりも、身を守る盾として役に立てるつもりであった。
カンッ！
キーン‼
殺到する飛鏢を刀で弾きながら、神谷は間合いを詰めていく。
待っていたのは、銀六が針入りの玉を取り出す瞬間。
投じたら時間差で発火するように仕掛けた火薬によって爆《は》ぜさせ、大量の針を
雨霰と降らせる仕掛けなのは、八州屋の座敷で襲われたときから承知の上。
こちらに投げつけられたときには、もう遅い。

ならば、寸前に一撃を加えてやればいいのだ。

「逝《ゆ》けっ」

語気も鋭く告げると同時に、神谷は棒手裏剣を放つ。

柄《つか》から右手を放し、左手で刀を振るいながら投じたのだ。

刀身で縄鏢を弾いたのと、手裏剣が銀六の右手を貫いたのは同時だった。

宙高く放り投げようとした玉が、ぽとりと足元に落ちる。

次の瞬間、爆音と共に鋭い針が撒き散らされた。

銀六が貫かれたのは足だけではない。

火薬の力で舞い上がった鋭い針は、喉から優美な顔面に至るまでを剣山の如き有り様に変えていた。

白煙の漂う中、どっと銀六は倒れ込む。

痙攣《けいれん》しながら息絶える様を、神谷は黙って見つめていた。

石段を駆け登りながら、願鉄は焦りを覚えていた。

金三と銀六は、いつまで経っても出てこない。

黒子たちはすでに、大半が返り討ちにされた後。

小十人組も数を減じた上に引き離されてしまっていたが、家重公の御乗物を担いだ陸尺《ろくしゃく》たちは寛永寺の山門を目指して、懸命に駆け続けている。

「追え、鉄っ！」

怒声を張り上げて命じたのは、肩にまたがった亀蔵。

口だけでは足りずに、太い杖でぴしりと打つ。

馬の如き扱いをされても、文句は言えない。

汗まみれで駆ける願鉄の前に、ぬっと小関が立ちはだかった。

両手に嵌《は》めた熊の爪を振るうよりも早く、深々と脾腹《ひばら》を刺し貫いたのは見覚えのある槍だった。

「さぁどうだ、ずんと骨身にこたえるだろう？」

「う、うぬっ……」

がはっと血を吐きながら、願鉄はわななく。

小関が振るったのは熊を狩る猟師たちが、最後の武器として用いる槍。

種子島の弾丸《たま》が切れ、矢も射尽くした後に手元に残った狩猟用の短刀は、その場で調達した枝を嵌めて即席の槍に仕立てることができるように、握りの部分が袋状になっている。

「俺は熊撃ちにちょいと世話になったことがあってなぁ、このナガサって山刀《やまがたな》の使い方を教えてもらうついでに、形もじっくり見覚えていたもんでな……鍛冶屋に注文して、そっくりそのままに誂《あつら》えてもらったのさ」

「ぐ……！」

「その熊撃ちの話を思い出してな、俺は一計を案じたのさ。みんなお前さんを人だと思って挑みかかるからやられちまうんで、最初《はな》っから獣を狩るつもりで攻めかかるとなれば誰だって用心をして、ひと刺しでやっつけちまう気になろうってもんだぜ。それに俺は女子どもの命まで奪おうなんて人でなしの相手をまともにするほど、親切じゃねぇんでな」

わななく願鉄をじっと見返し、小関は告げる。

面番所で行き交う遊客たちを的に見立てて突いていたのはすべて、この一瞬のためだったのである。

小関は敵を人ではなく熊と見なし、ただ一撃で貫き倒すことのみを考えて立ち向かったのだ。

猟師あがりの身でありながら、まさかこの手に引っかかるとは――。

「くっ！」

無念の形相《ぎようそう》で崩れ落ちる願鉄の肩から、亀蔵は機敏に飛び降りた。

小関が追うより早く太い杖を担いで、一散に駆け出す。

目指すは家重公の御乗物。

かくなる上はこの手で的を仕留めぬ限り、自分が始末をされてしまう。

間垣などは怖くも何ともない。

真に恐ろしいのは、こたびの依頼主だ。

あの守銭奴を一千両で誘惑し、亀蔵に将軍殺しを持ちかけた人物は、大目付を遥かに超える権力を有している。

亀蔵が失敗して逃げたと知れば、秘密を守るために口封じをするのは必定。

たとえ命が助かっても罰として乙名の地位を奪われ、遊廓のあるじの立場までも失って、長崎の闇の世界で笑いものにされるに違いない。

それは目の前の修羅場にも増して、耐えがたいことだった。

亀蔵は走りながら、手にした杖を腰だめに構える。

利那、鋭い音と共に空気が裂けた。

「ぐっ」

陸尺の一人が、ぐらりとよろめく。

飛来した鉄の矢に、背後から肩を射抜かれたのだ。

それは袖箭《しゅうせん》と呼ばれる暗器を大型に作り替えた、亀蔵の切り札。弾簧《だんこう》と呼ばれるバネの力で飛ばす矢は連発式で、的に近付くほど威力は増す。

恃《たの》みの小十人組と離れてしまった乗物を護る者は、もはや誰もいなかった。

鋼《はがね》の矢が容赦なく、抵抗できぬ陸尺たちに襲いかかる。

二射……三射……。

「うっ」

「むっ」

陸尺は次々に肩を射抜かれた。

亀蔵は名前に似合わぬ瞬足である上に、射手としても一流だった。

それもそのはずである。

元締に収まる以前、亀蔵は暗器使いとして鳴らした男。

袖箭はもとより銀六が得意とした各種の鏢の扱いも心得ており、その実力は齢を重ねた今も健在なのだ。

たとえ手練の配下を幾人抱えていようと、いざというとき単独で戦えなくては話になるまいと亀蔵は若い頃から心がけており、元締の座に着いた後も日頃から持ち歩いていても殺しの武器と疑われることのない仕込み杖を愛用し、こまめに足腰を鍛える一方で、密かに試し撃ちを繰り返していた。

そんな日々の鍛錬が、今こそ活きている。

「くそったれ……俺とそんなに違わねぇはずなのに……何てぇ早足だい……」

後を追う小関は息が切れ、間合いは一向に縮まらない。

息絶えた願鉄から引き抜いてきた槍を投じようにも、すでに亀蔵はわずかでも狙いを外せば御乗物に命中しかねない、近間《ちかま》まで達していた。

すぐ後ろに迫られながらも、陸尺たちは足を止めずにいる。軽輩でも将軍家のお抱えとして御用を務める意地と誇りが、何とか体を支えていたのだ。

痛みに耐えつつ駆ける足元に血が滴り、石段が朱《あけ》に染まる。

深手を負わされながらも懸命に走り続けているが、長くは持つまい。

「へっ……」

後を追って駆けながら、亀蔵は嗜虐《しぎゃく》の笑みを浮かべる。

ついに石段を登りきった、その刹那。

ぴしっ……。

非情な一矢が放たれ、亀蔵のすぐ前を走っていた陸尺のかかとを射抜く。

ついによろめき倒れたその瞬間、他の面々も将棋倒しとなった。

どっと石畳に落ちた御乗物の引戸が外れ、家重公が転がり出る。

弾みで尻餅をつきながらも、ずっと抱いていた刀だけは手放さずにいる。

しかし、亀蔵にとっては赤子も同然。

「御命頂戴！」

とどめとばかりに仕込み杖を構え、引き金を絞り込む。

刹那、鉄の矢が両断された。

駆け付けざまに抜き打ちの一刀を振るったのは依田。

そして、亀蔵の前に立ちはだかったのは新九郎だった。

「ここは俺に任せよ！」

「承知」

すっと依田は身を引き、刀を納めて家重公を助け起こす。

代わって抜き放たれた新九郎の小脇差は、最後の矢を放たんとした亀蔵の喉笛を一撃の下に切り裂いていた。

どっと飛び散る鮮血を気にも留めず、家重公は昂然《こうぜん》と顔を上げている。

微笑んでいたのは、視線を交わして去りゆく新九郎も同じであった。

兄弟の再会を見守るどころではなく、遥か後方でへたり込んでいたのは田沼。

「誰《たれ》かある！　た、助けてくれ〜」

絶命した黒子たちの亡骸の下敷きになり、小便まで漏らしている。

情けなさ極まる光景が何者かの手によって描かれ、御城中の表と中奥ばかりか大奥にまでもれなく流布《るふ》するのに、幾日もかかりはしなかった。

終章　七福神祭

一

大晦日《おおみそか》を前にして、間垣兵部は思わぬ災厄に見舞われた。
目を覚ましてみると、朝の光が物足りない。
いつもの山吹色の輝きが、消え失《う》せてしまっていたのだ。
「な……な……」
寝間着姿のままひっくり返り、枕に頭を打ち付けてしまったのも無理はない。
ずらりと飾られていた大判小判が、一夜のうちに盗み出されていたのである。
それは彩香の鍼《はり》治療によって回復した、与七の為せる業《わざ》だった。
表立って処罰をすれば、家重公の暗殺を企んだ黒い勢力の思うツボ。

故に命に等しい一万両を根こそぎ奪うことを以《もっ》て、こたびの仕置としたのだ。

「ご、御前っ！」

「い、医者だ！　医者を呼べーっ!!」

駆け付けた家士たちが右往左往する中、間垣はすでに事切れていた。

死因は心の臓の発作。彩香が一服盛るまでもなく訪れた最期は、行き過ぎた欲の報いであった。


かくして迎えた大晦日、江戸市中の人々は思わぬ福に恵まれた。

町に忽然《こつぜん》と現れた福の神たちが、大判小判をばらまいたのである。

「上つ方からの一足早いお年玉だよー！　ほら、どーんと受け取りな!!」

気前よく金蒔《ま》きをする顔ぶれは、変装した早見と神谷、小関に新平。

与七ばかりか弁天様に扮したおふゆも加わっていたが、依田はもとより彩香も居ないため、一人足りていなかった。

しかし、宝船を模した山車《だし》には七福神が勢揃い。

大黒になりきって小槌《こづち》を振り振り、先程から景気のいい掛け声を上げまくっていたのは何と勢蔵。

恵比須に扮した早見も負けじと、がんがん小判を蒔いていく。

「はははははは！　いい心持ちだぜぇ……！」

上機嫌の早見恵比須の動きが、急に止まった。

驚く瞳には形振《なりふ》り構わず、小判を拾いまくる鶴子の姿が映っていた。

「お退《ど》きなされ！　これ、退けと申しておりましょう!!」

長屋のおかみ連中と押し合いへし合い睨み合いまでしながら、まったく引けを取っていない。

「つ、鶴子のやつ――！」

慌てる早見であったが、こんな扮装をしたままでは説教もできない。

「ふっ、似た者夫婦とはこのことか」

「へっへっ、たくましくっていいじゃねぇか」

神谷と小関は苦笑い。

新平とおふゆはけらけら笑い、与七までが微笑《ほほえ》んでいた。

「まだまだあるぞー！」

若い者たちをよそに、勢蔵は景気よく小槌を振っている。

何処《いずこ》へともなく去った辻斬りの代わりに訪れた福の神のおかげで、江戸の人々は明るい新年を迎えようとしていた。

　その頃、彩香は品川宿に居た。

　高輪の大木戸前で見送る相手は、長崎に独り帰っていく新九郎。

　去り際に告げられたのは、思わぬ話であった。

「おぬしの家族の件は聞いた。妹御は大奥に居《お》ったそうだな」

「えっ……何故《なにゆえ》に、左様なことまでお調べになられたのですか？」

「ずっと気がかりだったのだ。おぬしのように美しく才にも長《た》けた女人《にょにん》が幸せを求めることなく、修羅の道を歩かんとしておるのかが……な」

　江戸湾沿いに拡がる海を見ながら語りかける口調は、いつになく優しい。

　しかし、情にほだされるわけにはいかなかった。

　気を惹《ひ》かれつつあっても、新九郎は手の届かぬ殿御。

　それに、依田も居るのだ。

「何事も私が望んだことにございます。どうかお構いくださいますな」

「ふっ、相変わらず手厳しいな」

「当たり前です。そうでなくては女だてらに腕一本で世を渡って参れませぬ故」

強がりを言いながら、彩香はさりげなく告げ加えた。

「やはり、私は貴方さまのことは好きにはなれませぬ。されど……医術の上では負けを認めて差し上げましょうか」

「いやいや、左様なことはあるまいぞ」

「えっ」

「留吉の糸を抜いてやる折に手を握り、頭を撫《な》でてやったそうだな」

「まぁ、どうしてご存じなのですか?」

「俺も自分の患者のことは気になってな……見舞《も》うてやったら嬉しそうに笑っていたよ。スッパリ諦め、上方へ修業に行くらしい。江戸から腕利きの版木彫りが一人いなくなるのは本好きにとって大きな痛手……おぬしはまことに罪作りななごだな」

「ふん、勝手ばかりを申されますな!」

「はははは、それでいいのだ」

「新九郎さま……」

「さらばだ」

薬籠《やくろう》代わりの革袋をひょいと担ぎ、新九郎は去っていく。

大木戸の向こうに遠ざかる黒ずくめの後ろ姿を、彩香はじっと見送る。

そんな姿を街道脇から見守る依田は、潮風がそろそろ身に応《こた》えつつあった。

彩香が後を追わずに一安心だったが、こうも冷えては風邪をひいてしまう。

（ううむ、儂もやはり歳か……むむっ！）

そう思ったとたん、くしゃみが出た。

「まぁ、お奉行」

「いやはや、面目ない。戻ったら葛根《かっこん》を煎《せん》じてもらおうか」

鼻水をすすりながらも、依田はにこやかに笑っていた。

この作品は双葉文庫のために書き下ろされました。

双葉文庫

ま-17-21

暗殺奉行《あんさつぶぎょう》
牙刀《がとう》

2014年12月14日　第1刷発行

【著者】
牧秀彦《まきひでひこ》

【発行者】
赤坂了生
【発行所】
株式会社双葉社
〒162-8540 東京都新宿区東五軒町3番28号
［電話］03-5261-4818(営業)　03-5261-4833(編集)
www.futabasha.co.jp
(双葉社の書籍・コミックが買えます)
【印刷所】
株式会社亨有堂印刷所
【製本所】
株式会社若林製本工場

【表紙・扉絵】南伸坊
【フォーマット・デザイン】日下潤一
【フォーマットデジタル印字】飯塚隆士

落丁・乱丁の場合は送料双葉社負担でお取り替えいたします。
「製作部」宛にお送りください。
ただし、古書店で購入したものについてはお取り替えできません。
［電話］03-5261-4822(製作部)

定価はカバーに表示してあります。

ISBN978-4-575-66701-1 C0193
Printed in Japan